心中住著野孩子

凱莉哥——著

本書，送給我最敬愛的阿公、阿嬤

阿嬤有一個很漂亮的名字「張銀」。她長得跟名字一樣漂亮，很漂亮，真的漂亮。

「張銀」字面看起來金銀財寶富貴命，的確也是，她生在一個富貴人家，但家裡卻重男輕女，不准她讀書。

我都說她的名字是「張開眼睛就看到金銀珠寶」的意思，但阿嬤是文盲，形容她名字的美給她聽，她也只是笑著想像。

阿嬤靠著口耳相傳記憶知識，是一個知識很豐富的文盲。

本書，送給我最敬愛的阿公、阿嬤

「阿管」，大家都這麼叫阿公。

他跟他的名字一樣愛管，什麼都管，村裡、家裡大小事都是他要管。但他卻不想謀得一官半職，只想好好管田裡的大小事，阿公是我見過最善良的人，第二名就是我媽了。

阿公、阿嬤的富貴不是來自錢財，是源自生命本質的富貴。

他們用人生豐富了生命，也豐富了我們的一輩子。

目錄

2 無所畏懼的勇氣

3 原來我們都是這樣長大的

4 愛的面貌很多，都是愛

關於，這本書

1

一輩子受用的養分

生活比成績更重要

小學時，我是在雲林跟阿公、阿嬤一起住的，相較於現在的孩子放學有寫不完的作業，不知道是不是鄉下的老師都有共同默契，知道很多小孩回家都需要下田幫忙，根本沒有時間寫作業，所以回想起來，我的小學生涯似乎沒有寫作業的記憶。每天放學回家就是先下田幫忙，阿公種稻子就幫忙晒稻子、種菜就幫忙採菜……我最討厭的就是種花生的季節。

阿嬤規定我們姐妹放學後到天黑前，要先拔完四行花生才能進屋洗澡，每一行大約五百公尺。所以我們回到家第一件事就是去領小板凳、畚箕和手套，接著下田認領要拔的四行花生。從土裡把花生拔出來後，要一顆顆讓它脫離根。我非常討厭拔花生，因爲那會讓我的身體不斷發癢，常常找藉口想要少拔一行，但花生的收成卻遠比我的成績更重要。

我不記得小學有拿過任何成績單或是考卷回家，反正阿嬤也不在意，她更在意我有沒有漏拔幾顆花生，粒粒皆辛苦。

後來我到了臺北，才發現很多同學不知道花生是長在土裡的，更不用說拔過花生了。能把花生粒從堅硬的花生殼裡完整剝出來已經是同學們最大的能耐了，和他們說起童年的經歷，所有人都聽得嘖嘖稱奇，**我想我的口條和說故事的能力應該就是從那個時候培養出來的**。

國、高中回到臺北念書，國中老師只愛資優生，除了前五名資優生外，其他人考怎麼樣都不重要，我知道我又被放生了，沒人在意我的成績，我自然也沒有放在心上。媽媽不了解考試型態，我拿成績單給她簽名她就簽，因爲每到發成績單時，餐桌上會有五份成績單，五個孩子一起拿給她簽，她也懶得看哪張是誰的，誰的成績比較好，找到簽名欄一起簽完就好。

一直到高中畢業，我媽都不知道我的在校成績，即使考第一名她也不會誇我，最後一名也不會被罵，念書那幾年我眞的還蠻自在的，不需要在意成績，讓我可以選擇更多自己喜歡的事情。

蠻好的。

這幾年開始接觸一些自我成長課程，遇到一些學歷很好、職場表現優秀的夥伴，他們有許多內心的壓抑來自求學時期的創傷，身邊人對他們的期待越高，他們就越無法接受自己有任何一次失利，在這些期待下，即使不喜歡也要把自己逼上那個位置，時間久了也忘了自己到底喜歡什麼？想要什麼？只忙著符合大家的期待。

或許有些家長本來只在乎孩子開不開心，不在意成績，但看到孩子每次不及格的成績單後，也漸漸開始擔心落後他人，而周遭的輿論或者老師給的壓力，也都逼得家長不得不跟著在意起成績，要能眞的放下必須心臟夠大、承受更多。

小露在七年級的一次期中考回家後說：「我的好朋友今天很不開心，因爲她考最後一名，很怕回家被揍。」

「那妳有安慰她嗎？」

「沒有，因爲可能我考贏她一名，所以她很傷心。」

「所以妳是倒數第二名？」

「對啊！」

「那妳怎麼看考倒數第二名的自己？」

「我很開心，因爲我盡力了，只是沒有考好。」

「妳怎麼可以這麼大方又開心的跟我分享自己考倒數第二名？不怕我揍妳嗎？」

「妳不會因爲我考這樣的成績罵我，從小就不會。」

聽到小露這樣說我忽然有點開心，我知道她可以這麼誠實的和我分享這些，是因爲對我的信任。我一直告訴小露、小梨，最重要的是找到自己喜歡，願意投入熱情的事情。對於課業，我雖然不管成績，但我在意的是這過程裡，妳們是否對自己負責、是否盡力。

放養是最困難的，要放任的不是孩子的行爲，而是家長的態度。

對小露、小梨的成績我一向很寬心，因爲這中間努力的過程和吸收多少是她們必須對自己負責的。就像小露數學很差，但她沒有放棄數學，跟著數學家教上課，她其實很有興趣也很認眞，做了很多題目也充分理解，但就是考得很差，能說這樣的她沒有盡力嗎？我認爲她對數學有興趣、想了解，不會因爲考得差就抗拒學習，這就是我想要培養孩子的學習態度。

成績不會是一切，成績和分數是留給學校的，畢業後不會跟著你。

唯有那個全心投入在某件喜歡的事情上的心情與態度，是日後想起來還會讓你嘴角上揚，陪你一輩子的。

倉庫裡的水泥柱，阿公在上面綁滿鐵線，
就能變成收納的空間。

這間平房是阿公阿嬤結婚後的起家厝，我放學回家把書包放在倉庫後，就要先到旁邊那畝地下田幫忙，等結束工作才能進到屋子裡，矮矮的平房有我滿滿的回憶。

有個朋友曾經問過我，小時候的這些經歷會不會讓我感到和大家不一樣，難以啓齒？

其實在我離開那些當時討厭的下田生活後，就已經開始想念那些日子了。不管是國中、高中，甚至職場的朋友，幾乎沒有人有過跟我一樣的生活經驗，他們難以想像小學生怎麼可以到田裡採菜賣菜，甚至晒稻子？

有次國中校外教學，老師要我們每個人交一百元，說是炕窯的費用，我們要去體驗挖地瓜和炕窯。當時我不明白這些小學我幾乎常常在做的事情，到了臺北爲什麼要花錢體驗？後來才知道原來我的經驗是這麼的獨特，同學喜歡聽我講幼時經歷，因爲那是一個他們覺得新奇的世界。以現在的用語來說，我就像是一個活生生的《動物森友會》眞人版。

阿嬤沒有上過學，她不知道學校的運作裡有考試和成績這件事，只有收成才能維生，所以在她的世界裡吃得飽比考得好更重要。她不識字，沒有陪我念過一頁書，但教給我的卻是一輩子難以忘記的人生經驗。

手心裡的10塊錢

我很討厭採收季節，很討厭。

阿公、阿嬤都務農，每到稻子採收的季節，我們下課就得幫忙晒穀，把晒在院子黃澄澄的穀子每小時用耙子翻一次。每一列穀子都要疊成整齊的、長長的三角椎狀，翻完一輪後，充滿穀子的空氣會讓皮膚發癢，所以整個晒穀季節，我們身上常常抓到流血，一直到稻穀完全晒乾收進米倉裡，我們的翻穀工作才會告一段落。

阿公、阿嬤沒種稻子的時候，會種菜。

花椰菜、大頭菜、菜心、高麗菜……回想這些我才終於找到自己對

《動物森友會》沒興趣的原因，因爲我小時候就是一個動物森友會眞人版啊！每天在菜園裡採收、賣菜。

田裡的菜大多是從傍晚五點左右開始採收。一方面是天氣涼爽，二方面是阿嬤說日落採收的菜比較好吃，我也不知道爲什麼，總之阿嬤說了算。放學回家後最重要的事就是到田裡幫忙把採收的菜放到竹簍裡，再從田裡運到院子，接著用布袋把菜一袋袋疊好，放上巨無霸秤子，將公斤數寫下來，再疊到鐵牛車上。

鐵牛車是一輛時速四十公里的打檔車，吃汽油但跑很慢，在鄉下，很多人都用它來運送近距離的重物，把裝袋的菜一袋袋放上車，大概晚上七點左右才會結束採收的工作。

採收菜的那天，家裡大約八點就會熄燈睡覺，凌晨三點半阿公會來把我叫醒，然後躡手躡腳帶著我出門。阿公會在鐵牛車後面裝滿菜的地方隔出一個小洞，裡面放一張小板凳和麻布袋，讓我坐在那個用菜圍出來的洞裡，他在前面駕駛，隔著鐵牛車的隔板和我背對背。

在漆黑的夜裡，鐵牛車的聲音噗噗噗以時速四十公里奔馳在鄉間小路，一路往城市的果菜市場開去，有時候我會在那個菜堆裡睡著，又有時候我看著周圍的黑暗擔心是否有強盜、山賊出沒搶劫，就這樣一個小時左右的車程，晃啊晃也就到了。

果菜市場像是個不夜城，明明整個城市都還在睡覺，市場裡卻鬧烘烘的，已經有很多人在喊貨、出價，每個菜農都把車子開進賣場裡，找到喜歡的位置停下來，打開後車廂就開始叫賣當天的菜，然後會有很多中盤商、小盤商前來批貨。

阿公把鐵牛車停好，將車門卸下，開始等買家上門，在果菜市場裡買賣都不是一、兩顆菜，而是一簍一簍販售，有時候遇到大盤商一下買了半車，那天我們就可以很快收工回家，如果遇到生意不太好，阿公就會跟旁邊的攤販要紙箱，把紙箱撕下一片，上面寫著整簍售價，我跟阿公一人拿一片，向路過的賣家叫喊。

從凌晨四點多叫賣到七點多，通常也差不多賣完整車的菜，可以收攤回家了。這時天也亮了，氣溫暖和許多，阿公一樣在前面駕駛鐵牛車，回程的後座只剩下我和黑色的竹簍。

「噗噗噗……」鐵牛車的聲音一樣穿梭慢駛在鄉間小路，但回程路上是我最期待的時刻，因為阿公會在快要到家時，從前座伸出拳頭到後座，把十塊錢放在我的掌心上，那是我跟阿公一起去賣菜的獎勵，只有屬於我的獎勵。

時速四十公里的鐵牛車。

一年四季，賣菜回家的路上，從阿公掌心落下的十塊錢永遠都是涼涼的，讓我精神跟著振奮起來。一回家就迫不及待把錢拿到雜貨店買抽獎券，兩張一元我可以連抽二十張，然後換回一堆吃了嘴巴紅紅的芒果乾回家，躺在院子前跟妹妹一起吸那充滿色素的芒果籽。

我從十歲就開始跟著阿公去採菜、叫賣，當時整個果菜市場沒有像我這麼小的孩子，所以很多買家會因爲我而多買一些，阿公還說，**必須要把價格亮出來、把聲音喊出來，這樣貨物才會快速流通**。

奇怪，阿公不是農夫嗎？怎麼此刻聽起來又像是個厲害的商人。

國中我到臺北念書，家政課老師教我們用珠珠串成飾品，那是我第二次被打開生意竅門，靈機一動，回家拿了零用錢帶著妹妹去工藝品店買了很多材料回家，串成項鍊、手鍊、耳環等飾品。當時我家樓下馬路每週會封起來一晚，變成熱鬧的臨時夜市，很多攤販都會聚集過來擺攤。我拿了一條黑色的布，帶著飾品和三個妹妹，一起到夜市找位置擺攤。從夜市頭走到夜市盡頭終於找到一個空位，我把黑布鋪在地上，再把飾品分區擺放，開始等顧客上門。

但，做生意哪有這麼簡單。

等了一個小時都沒有人靠近看，我想起阿公亮出價格那一招，拿了張白紙寫上飾品價格，擺放在商品旁邊。

「這招肯定奏效。」我跟三個妹妹信心喊話。

但，做生意哪有這麼簡單。

又過了一小時，我們從五點擺攤到七點鐘，沒有一個客人靠近看，都是「路過」的人。

我想起了果菜市場裡，只要我站出去叫賣，買家就會因爲我是孩子而靠近，因爲我是孩子而多買一點，所以我推妹妹站出去叫賣，她比我小，一定更容易吸引買家。

但，我媽把膽子都生給了我。

我家妹妹一個比一個害羞內向，叫賣簡直要她們的命，還好我媽生得多，人多膽子就大，我把價格表塞到她們手上，讓她們三個人站在攤位前面一起齊聲喊：「過來看看，便宜漂亮的飾品。」

我呢？

我坐在她們身後，等客人上前收錢。

喊了幾分鐘，終於有一對情侶靠過來看，最後帶走了一副耳環，沒多久又有個女孩帶走了一條項鍊。

「我們眞是要發財了，要趁勝追擊，再喊大聲一點！」我繼續對站在攤位前的三個妹妹信心喊話。

但，做生意哪有這麼簡單。

一直到九點多就再也沒有客人上門，當天的營業額是一百元，對小小年紀的我們來說，可以憑自己的力量賺到一百元眞的很開心，那個收錢的快感太爽！於是週末我們又拿著賺來的錢繼續去工藝店買材料，回家又做了很多飾品，隔週再去擺攤，但這次運氣就沒有這麼好了，我們被趕走了。因爲攤位是需要付費承租的，即使我們只有一塊布放在地上，還是需要付攤位費用。

就這樣，我們的擺攤經驗就終止在這，家裡囤了一堆用零用錢買來的材料和串好的飾品，被我媽唸了幾年後全都進了資源回收。

果菜市場的經歷讓我喜歡上買賣的成就感，高中畢業後我開始買貨賣貨賺取小額差價，出國幫忙代購賺取代購費，就連旅行我都可以代購到老闆開車幫我一起搬貨到郵局寄貨，一直到後來創業、做品牌，這些買賣的經驗都是阿公從果菜市場教給我的，菜要好才能賣、商品要好才能吸引客人，要叫賣人家才知道你商品的好壞，要有獨特性才能凸顯跟同業的不同。當時整個果菜市場就我一個孩子叫賣，我想，我就是阿公的獨特性吧。

阿公放在我手心的十塊錢，**是我喜歡上買賣成就感的開始，似乎也開啓了我未來勇於創業的人生之路。**

比我年紀還大的秤子，在田裡採收菜要裝上車前，要先在這裡秤重，再寫上每一袋的公斤數，到批發市場去比較好賣。

阿公怕我屁股痛，一開始用木製小板凳，後來因為心疼，又幫我加上了自製海綿座墊，現在回過頭來看，才發現都是愛。

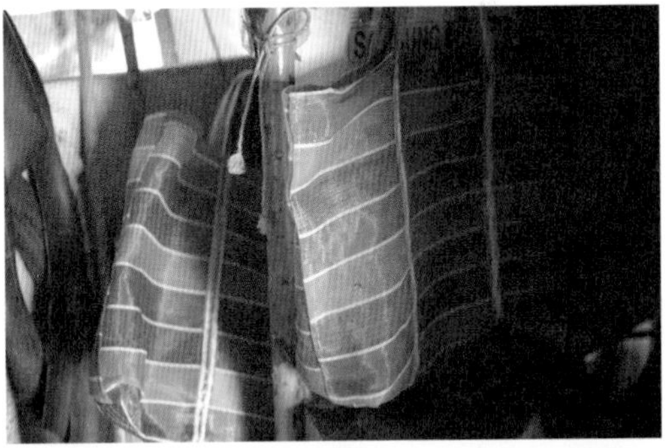

掛在鐵牛車上的袋子，阿公會用這個裝錢，在回程的路上給我的十元就是從這裡掏出來的。

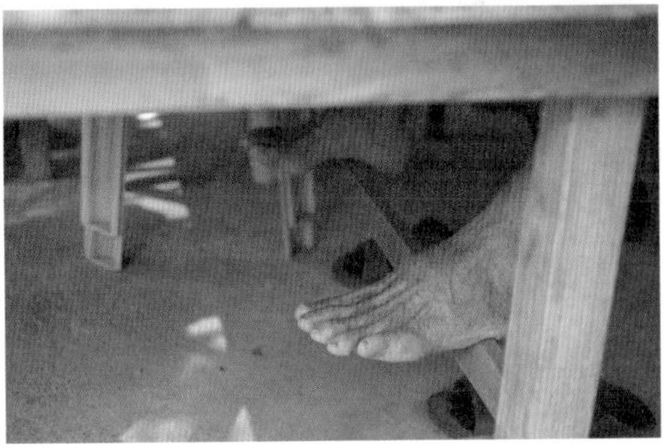

阿公長年赤腳耕田，腳趾甲永遠長不長。

阿公一年 365 天的背影都是這樣，因為踩在泥濘裡耕種需要很大的力氣，從年輕耕種一輩子，所以我懂事時他的腿就是 O 型的。但阿公很愛漂亮、非常會穿搭，連下田都會穿短版西裝褲和襯衫。阿公真的很帥。

晒穀每小時都要翻來翻去，每一列都要堆疊整齊，對 10 歲的我來說，耙子很重、很吃力。

後記

我最討厭竹筍收成的時候，凌晨三點阿公的鐵牛車會開往竹筍園，車上只有我跟竹簍和鐮刀。「太陽出來以後筍子就會苦、不好吃，所以太陽出來之前要先把當天要賣的竹筍挖好。」

在黑暗的竹筍園，我拿著手電筒尋找被塑膠黑布蓋起來的竹筍，要慢慢找有隆起的部分，然後掀開黑布確認，再請阿公拿刀子來挖。採收竹筍後等到天亮再到果菜市場販售。

有時候黑布掀開是一條狗、有時候是蛇，又有時候是大蚯蚓，天還沒亮的竹筍園裡，有太多動物、昆蟲在睡夢中被我打擾過。也讓我越來越有膽，綜藝節目裡讓女明星尖叫的神祕箱比起這個算是小case啦！

這段童年讓我很會挑竹筍、很會剝竹筍殼，這些都是我十歲學會的技能，一輩子也忘不掉的技能。

人生最初的啟蒙書

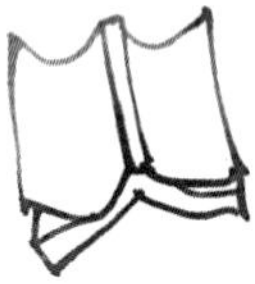

「你知道閱讀有多重要嗎？」

「孩子從小就要好好培養閱讀習慣。」

「閱讀的種類一定要廣泛，讓孩子多元吸收。」

……

這些話幾乎成了這世代爸媽的口頭禪跟全民口號。

這幾年雖說城鄉差距已經縮小，但是鄉下長大的我心裡知道，城鄉差距一直存在，尤其資源分配不均的狀況更是嚴重。從小我的學校就沒有圖書館，到學校圖書館借書是什麼情況？怎麼有可以借書不用錢的地方？這些都是童年的我難以想像的。

後來上了國中，同學之間的閱讀風氣開始從漫畫店裡蔓延。我只要一進去就可以待很久，看不完的漫畫、小說，後來幾年甚至還開賣餐點，簡直是天堂。國、高中是我閱讀量最大的時期，幾年下來我也學到，要嫁給霸道總裁就必須變成落難女主，既然無法變成落難女主，那只好自立自強，把自己變成霸道總裁了。

曾經有個單位邀請我演講「引導閱讀」這個主題，小露從小學二年級就開始大量閱讀，到四年級她看金庸系列、五年級沉迷《紅樓夢》，有讀者問我，是怎麼引導孩子閱讀這麼厚的書籍？是不是小時候自身的閱讀經驗讓孩子也可以耳濡目染？

其實開始進入社會後的我是不太愛看書的，尤其是文字很多的小說，舉凡小露看的金庸、《紅樓夢》，我統統只看過電視劇跟歌仔戲，那麼厚的書拿起來翻不到十頁就犯睏，但是後來因爲小露愛閱讀，爲了有共同的話題，我也開始閱讀，所以正確來說，我才是那個被「染到」的人。

仔細想想，或許是營造環境吧？

我小時候之所以愛上閱讀，是因爲電視只有阿嬤可以開，阿嬤只會在楊麗花出場的時候打開電視，楊麗花退場阿嬤就會帶著她的小收音機回房睡覺，當然電視也隨著楊麗花離開後一起關閉，所以我們沒事就只能翻書。

我一年翻閱最多次的書籍就是「農民曆」，年末村長都會挨家挨戶送上新的。千萬不要小看那本薄薄不到一百頁的農民曆，內容非常豐富精采！每次拿到手，我第一個翻的就是「屬馬運勢」，因爲我屬馬，看看今年走大運還是走霉運。農民曆還會指示各生肖今年要往哪個方向才會順利、發財，但我不管往哪去都還是被阿嬤揍到小腿開花。即使如此，我還是每週都會拿起農民曆複習一次，從一月看到六月，到最後所有內容幾乎倒背如流。

農民曆還有一個很精采的地方，就是「食物相剋圖」，這眞是我百翻不膩的一張圖。

裡面寫滿了各種不適合搭配食用的食物組合，還有可愛的插圖，像是：

白醋＋牛奶：容易腹瀉。

蛤蠣＋螺：拉肚子、易中毒。

蝦子＋南瓜：下痢。

螃蟹＋柿子：毒。

我真的非常愛看這張圖，每次只要混搭食物前就要看一下，拉肚子或是嘔吐、身體不舒服也會去翻一下，確認一下是不是踩雷了。不過這是老祖宗口耳流傳的智慧，現在搭配科學根據解釋，有些可能只是食物不新鮮所造成的，但這也是我到了長大後才知道的事。

農民曆榮登我小時候閱讀第一名的書籍，除了內容豐富一翻再翻百看不膩之外，我實在太讚賞那種密集的編排，有限的篇幅裡擠進許多小字，資訊含量超大，根本迷你百科全書。

此外我還有個私人圖書館，就是小舅的房間。

小舅房間有一個綠色的書櫃，書櫃上有一些陳舊的書籍，那是小舅當兵前買的書，有漫畫、有小說，甚至有考駕照指引，我全都看得滾瓜爛熟，因爲那個書櫃自從小舅當兵退伍後就再也沒有新書進來過，只有越翻越爛的舊書。

當時書櫃上有幾本漫畫《老夫子》，是我那幾年的最愛，老夫子白爛的個性常讓我笑到噴淚，最後翻到掉頁、泛黃，我都還是會因爲那個超白爛的劇情狂笑不止。

不過，眞正精采的是小舅那本厚達五公分的《情書大全》。

那應該是我對愛情開始懷抱憧憬的啓蒙書，裡面每一句都寫得濃情蜜意。

「無論你身在何方，我的心永遠只爲你跳動。」

「沒有你，一分鐘太長；和你在一起，一百年太短。」

「如果愛你是錯的話，我不想對。」

我周圍根本沒有人會這樣講話，如果有人寫這樣的情書給我或是這樣和我對話，我應該會從他的頭巴惢，太噁心了！

但幾年熟讀下來，這本書應該還是幫我奠下了不錯的寫作基礎，我在高中寫過一篇嘔心瀝血的小說還因此登上校刊，過了二十年還被同學拿出來取笑，這都要歸功《情書大全》。

我的啟蒙書《情書大全》還在，趴在院子裡看書的景象也歷歷在目，但當時陪伴我的阿公阿嬤卻已相繼離開了。

小露爲什麼這麼愛閱讀？我眞的不知道。

小露和小梨兩個人的個性很不同，閱讀的書籍內容也很不一樣。小露從小學二年級廣泛閱讀，看不懂的字就直接跳過，一本書可以看很多次。四年級我想引導她看金庸小說，畢竟那是武俠界的經典，但其實我自己也沒有看過任何一套金庸小說，只看過各種不同版本的電視劇。可是小說會讓人有想像的空間，所以有天我在書店看著一系列的金庸，想著要從哪套開始引導小露愛上金庸，最後挑了《神鵰俠侶》。

我帶了四本厚厚的小說回家，那外皮是水墨畫根本吸引不了四年級的孩子，這時候只好**靠我的**三寸**不爛之舌和豐富的想像力推銷**。

「這套書是在說一個養蜜蜂的女生遇到一個養大鳥的男生，後來開始談戀愛。」

「那個女生晚上睡在冰塊上，有時候還會睡在一條繩子上，咦，這樣會舒服嗎？」

「她男友後來被想介入的第三者砍斷手，只剩下一條手臂，竟然還能騎著大鳥飛，眞的很了不起。」

小露聽了好奇的問爲什麼？我馬上把書遞給她，要她自己去找答案。

就這樣，她先看了《神鵰俠侶》，又看了《射雕英雄傳》，愛上金庸小說後，有天她問我：「媽媽，我可以去學速讀嗎？」

「妳爲什麼想學速讀？」

「這樣我就可以看得更快、更多。」

一目十行眞的不是騙人的，小露翻書速度之快，我起先以爲她只看頭尾，沒想到所有內容她都有看進去，而且一直到後來，閱讀《哈利波特》是一天一本在看，想當年我們一、兩年才等到一本，她一個星期就全都看完整套還重刷N回合。

小露很沉迷某一套書的時候就完全不看其他書，會一直重複看好幾遍，直到所有內容都熟讀透澈才會換其他書。金庸、陳郁如的《修煉》、羅琳的《哈利波特》，隨時翻一頁都可以繼續往下看。

讀《紅樓夢》時期也是上車聽《紅樓夢》、下車看《紅樓夢》，我的《紅樓夢》知識全都是聽小露說的，之前看歌仔戲以爲賈寶玉跟林黛玉都是中年人，沒想到他們都是十三、四歲的孩子，小露每天跟我分享在《紅樓夢》裡發現的新大陸，賈寶玉十三歲喝酒、吃檳榔，他吃的食物有多講究，當時有很多讀者寫訊息給我，跟我說《紅樓夢》並不是適合五年級孩子的讀物，因為裡面有些意淫的場景會造成孩子的負面影響。

不過我一直很贊成孩子的廣泛閱讀，《紅樓夢》裡有建築學、色彩學、飲食、詩詞等，這些都是非常值得討論跟研究的。當然意淫的部分有，但這些都是孩子們日後不可避免的知識，與其禁止不如一起了解。如果因為這部分而禁止，那我可能永遠也不會知道紅樓夢裡有這麼多精采的場景，包括黛玉葬花那優美的詞句都是小露跟我分享的。

小露上了國中後，有天跟我說班上同學都好愛看小說。

「妳同學都看什麼小說？」

「愛情小說。」

「那妳可以推薦她們看《紅樓夢》。」

「她們不喜歡這種。」

「妳就說是霸道總裁（賈寶玉）愛上落難女主（林黛玉）。」

小露大笑，直說我眞的很會推銷。

對，她還不知道一路以來她的套書都是被我這樣陰謀推坑的。

我很會說故事也很會推銷，不過對小梨我眞的沒輒！

小梨一直到中、高年級才開始看字數比較多的書，因爲她沒辦法接受書裡有看不懂的字，遇到看不懂她就必須查字典知道怎麼念或是什麼意思，才能繼續往下讀，所以到中年級認識的字比較多之後才開始閱讀小說，但只局限於「動物類」。她很喜歡動物，所以書櫃裡的書幾乎都和動物相關，就連小說也是動物系，像是哺乳類動物尿尿時間平均是二十一秒，這種冷門知識都是小梨跟我分享的。

姐姐四年級去學速讀，所以小梨四年級時我也問了她。

「妳要去學速讀嗎？這樣看書可以跟姐姐一樣快。」

「我喜歡慢慢看書，妳看作者寫一本書花很長的時間，所以要**慢慢看才不會漏掉作者想要表達的**，就像妳寫書那麼辛苦，會希望人家一小時就看完妳花了很多時間寫的內容嗎？」

喔！這倒是不會，那妳還是慢慢看好了。

小梨遺傳的大概就是我很會推銷、講故事的個性，一秒就可以說服我。閱讀這件事真的勉強不來，有時候刻意買了一堆放在那邊孩子全不賞臉，有時候無心插柳反而沉浸其中，就像《農民曆》《情書大全》都是根深蒂固在我腦海裡印象最深刻的書。

小舅房間的綠色書架，上層是我小學寫過的參考書，最下層有拉門的櫃子放的是阿公的尚方寶劍，小孩都不敢隨意開啟。

看得到吃不到，渴望收禮的期待

阿嬤口裡不出好話，但奇怪的是她人緣出奇的好。

每逢中秋、過年這種節日，家裡客人絡繹不絕，從日本回來的姑媽、臺北來的阿姨、臺中伯伯……長輩、長輩的長輩、平輩，我一度以爲阿嬤是里長或是什麼德高望重的人士才有這樣的陣仗，不誇張，年節送來的禮盒可以堆滿半個房間。

每當家裡有客人來的時候，阿嬤規定我和妹妹們要排排站，大喊：「姑婆妳好。」誰來就喊誰，只能尊稱不能加上名字、不能太大聲、不可以太小聲、有氣無力絕對被罵、太有元氣會被說不情願，總之在阿嬤面前跟長輩打招呼，很難。

標準在哪？

跟著阿嬤好多年，我還是不知道標準音量的範圍是什麼？每次打招呼都要講好幾次才能放過我們，客人回家後還會被檢討，剛剛打招呼或是行爲哪裡犯了錯。

有一年，從日本回來的阿姨帶來一條鹹魚，是一條從頭到尾完整的大魚，目測應該有超過五十公分以上，我跟妹妹從來沒看過這麼大條的魚，不僅猛盯著看，還把魚翻過來、翻過去，眞的太神奇了！

阿姨回家後，我跟妹妹被罵到耳朵都快出汁了，阿嬤最厲害的是用不疾不徐的聲音，緩緩的、嚴厲的、難聽的字詞，唸很久、很久，從客人一進來到離開，我們的一言一行都會被檢討，有時候我都懷疑阿嬤到底有沒有在認眞和客人聊天？因爲連在客人面前坐姿不良，事後都會被翻出來檢討。

爲了那條日本來的大鹹魚，阿嬤說我跟妹妹像乞丐一樣，沒吃過魚至少也看過魚，怎麼會在客人面前那麼認眞看那條魚，一副窮酸樣，像是在檢視客人帶來的禮物，非常沒有禮貌。

但我跟妹妹是眞的沒看過那種大鹹魚，更沒有看過從日本來的舶來品，所以盯著那條魚研究很久，討論牠眼睛那麼白一定是翻白眼時被晒乾了，我想同時阿嬤也在心裡翻我們白眼吧！

後來那條大魚被阿嬤切成二乘五公分左右的小塊，冰著冷凍保存，我們大概吃了兩年才把那條鹹魚吃光。那條魚眞的非常鹹，鹹到一小口就可以扒半碗飯，每週餐桌上都會出現一到兩次，每次只要阿嬤煎鹹魚，我跟妹妹就會翻白眼，因爲那條鹹魚用鹽不惜成本，加上冰了一年以上，吃到後來每一塊都有魚腥味，就像在啃一塊很腥的鹽塊。

在家臭就算了，阿嬤有時候還會幫我們在便當裡放鹹魚，打開便當蓋那一剎那，臭味四溢，衆所皆知，簡直無敵了！

除了大鹹魚之外，其他的禮盒我們都是只能看、不能碰。客人離開後，阿嬤會把禮盒集中在一個房間裡，下一個客人送禮物來的時候，阿嬤就會從房間裡拿一盒禮盒回送。

不得不說，阿嬤眞的很厲害，腦子裡應該有內建記事本跟相機。

她會記得每一盒禮盒的連帶關係人，比如說A禮物是大叔叔送的，小叔叔來的時候就要拿其他禮物送，不可以回送A禮物，免得以後彼此聊天穿幫。阿嬤不識字、不會畫圖，但是她腦內記憶體很強，如果超強記憶找她開課肯定賺翻，因爲她連筆記都不用抄，就可以在腦內建置完整圖像資料庫。

總之，逢年過節不管來自北中南、海內外的禮盒，我跟妹妹只能看著呑口水，不曾有一盒是可以打開吃的。

阿嬤這種轉送回禮的個性，我媽完整的遺傳了！

我跟妹妹們陸續開始上班，過節時我媽會開始盤算老大公司的月餅要送給大舅、老二的要送給小舅、老三的送給姑媽……就這樣，到出社會後我的禮盒依舊是轉手送出去的，印象裡沒有一盒可以打開吃。

一直到現在我都四十幾歲了，每當過年過節客戶送禮盒，我就會通知媽媽來家裡挑，挑的都不是她自己要吃的，而是要送給舅舅、送給朋友、送給鄰居的。她永遠不會想到自己想吃什麼，總是把別人擺在前面，跟阿嬤一樣。

長大後的我決定，不要跟阿嬤還有媽媽一樣，要永遠把自己的需求擺在第一位，別人送我的禮盒，我都用體脂認眞回報。

我有個溫暖的朋友，每次見面她總是會準備一點小禮物，有時候是花、有時是甜點，或是蔬菜，我從她手上收過各式各樣不同的禮物，每次跟她約會結束後，低頭看著手裡帶回家的小禮物，心情就會很好，那種感覺是：有個人把和妳的約會當成是「重要的事」。

被放在心上，眞的很好。

後來我開始仿效朋友的作法，不管和什麼樣的朋友見面，即使是第一次見面的朋友，也會帶點不同的小禮物，甚至車上隨時有禮物，可以因應臨時的約會。有次參加十二個人的聚會，我買了很多花綁成小捧花，一人一束可以帶回家。

「妳不覺得準備禮物很麻煩嗎？」朋友問。

「我喜歡看到大家收到禮物的笑容，看到他們開心我也開心，十二個人就有十二份開心，一點都不麻煩。」

禮物都是些簡單的小東西，收禮人不會有負擔，卻可以開心整天。

從小看著那些來來去去的禮盒們，我心裡渴望著收禮，而這幾年，我養成了把那份渴望收禮的期待，轉換爲送禮的習慣，**和朋友見面時帶一點小禮物，被回饋的是無與倫比的開心。**

逢年過節，大院子就會停滿客人的車，一輛接著一輛絡繹不絕，送來一袋一袋的禮物，只可惜我們看得到吃不到。

阿公家的春聯都是過年才會更新，
風吹日晒雨淋，到了夏天就會開始褪色。

每年貼春聯也是一個很重要的儀式，阿公會去書局買用塑膠袋包成一袋的漿糊，我們要負責塗抹在春聯背面，阿公負責貼在每一個重要的出入口，讓春到、福到。那個漿糊通常也會用一整年，各種撞到、蚊子咬都可以塗一點漿糊消腫、止癢，是一袋萬用漿糊！

連畜生都不如的我們

在我十歲左右，當時臺灣非常流行日本的電視節目，每週六晚上我們都會固定收看《猴子軍團》，內容大概是一個主持人輪流邀請猴子出來表演，那些猴子們會走鋼索、踩腳踏車、繞圈、綜藝捧等，每週的內容都差不多，週日下午的重播也必定準時收看，在沒有幾臺電視節目的當時，可以看猴子耍特技，對小學生來說是除了小虎隊之外，一件快樂的大事。

我們姐妹每到週六晚上，就會趕緊吃飯、收拾、洗碗，一小時內迅速完成，然後守在電視前看《猴子軍團》。阿嬤會坐在她那張專屬的椅子上，邊看、邊笑、邊唸。主持人請猴子撐雨傘騎腳踏車，阿嬤嘴裡就會喃喃唸著：「畜生都會，妳們怎麼老是學不會？」阿嬤眞的超級厲害，不管主持人下什麼指令給猴子，阿嬤都能立刻聯想到我們哪件事沒做好，接連數落我們一頓。像是猴子擦盤子，這種時候不就好好讚嘆猴子厲害就好，阿嬤卻會說：「猴子都能把盤子擦乾淨，妳們怎麼連碗都洗不乾淨？眞的是比猴子還不如。」

主持人要猴子掃地，阿嬤就會聯想到我們院子裡沒掃乾淨的樹葉：「猴子都會掃，妳們吃的比猴子多，怎麼連掃個地都不仔細，倒不如養隻猴子。」

阿嬤自從看了這個節目後，就很像被猴子主人附身一樣，不論我們做什麼總說：「猴子都教得會，妳們怎麼老是教不會？」

漸漸的，我和妹妹開始討厭週六的《猴子軍團》了，因爲很顯然猴子比我們厲害，阿嬤看猴越看越滿意。又過了一陣子，那個節目停播了，猴子從阿嬤的口中離開。我們也得救了，終於不用再被拿來跟猴子比。

好景不常，阿嬤永遠都能用不同的動物來跟我們比較。

某天，我們去姑婆家，她家騎樓下多了一個鐵架，鐵架上站了一隻鸚鵡，看人來了就喊：「你好。」姑婆就會賞牠一個瓜子。

「你是誰？」

「你是誰？」

「我是鸚鵡。」

「我是鸚鵡。」

「吃飽沒？」

「吃飽沒？」

「來坐啊！」

「來坐啊！」

鸚鵡就跟應聲器一樣，姑婆說一句，牠就學一句，姑婆跟阿嬤得意的笑了，彷彿鸚鵡是她們學講話的孫子一樣。阿嬤從一週去一天，變成一週去三天，就爲了聽那隻鸚鵡說：「你好，來坐啊！」只要鸚鵡回應阿嬤的話，阿嬤就像是中了頭彩一樣開心。

「怎麼鸚鵡教得會，妳們都教不會？」衣服老是刷不乾淨、地板總是藏汙納垢，掃把用完沒有放好……只要偏離阿嬤的規範，我們就會被拿來跟她心中的模範畜生們比較。阿嬤心中的模範畜生隔一陣子就會換，就連阿舅養的豬，也可以是我們的競爭對象。

「比豬還不如。」

「比鳥還不如。」

「比猴子還不如。」

在我小時候，太多這樣的比較法來責備我們生活中沒做好的小事。當時聽不懂阿嬤的比較，只覺得阿嬤想要養除了狗、雞、鴨以外的動物，想跟姑婆一樣可以帶鸚鵡出門，可以滿足她的虛榮心，畢竟帶孫子出門大家只會互相端出缺點。

除了誇獎動物，我幾乎沒有聽阿嬤誇獎過任何人，在那年代大家太習慣放大孩子的缺點，尤其三姑六婆聚在一起，孩子也在的時候，把孩子講得越無地自容，表示和孩子的關係越緊密，因爲夠了解才知道自己孩子有多差。

放大孩子缺點，無視孩子優點。

和朋友聊起這段往事，他睜大眼說：「妳們怎麼長大的？」

「就這樣長大的。」

阿嬤不習慣誇獎人，不是針對我們，是不管誰她都無法說出誇獎的話，就連面對阿公的關心，她也說不出好話。

阿公習慣誇獎人，不管誰他都可以口出好話，唯獨對阿嬤說不出好話，外加帶句髒話作爲句點。

小時候在阿嬤口裡得不到誇獎和肯定，我養成了肯定自己的習慣，每次只要被打、被罵，我就會回房間躲在床底下哭，阿公會帶一點飲料或是餅乾進來，跟我說，阿嬤就是標準比較高，被她教過的孩子標準也會比別人高，這次做不好，下次做好就好。

「被她教過的孩子，標準也會比別人高。」

這句話就像是魔咒一樣烙印在我日後的人生，學霸考試考得再爛都還是比別人優秀，在高標準、高要求的阿嬤教育規範下，我不知道自己是不是比別人優秀，但是我的抗壓性真的比別人超標很多。

國、高中時期我常因爲作文寫得太爛被老師叫去罵，他常說我這樣的文筆肯定上不了大學，還好我家沒錢讓我念大學，但寫作是我興趣，老師說我寫得爛、是流水帳，我還是繼續寫，學校有比賽就投稿，我就是喜歡挑戰你說我不行，我就做給你看。

求職生涯裡，遇到越刁難的客戶或是主管，我就越想要挑戰他們到底還能說出多難聽的話，但最後這些人都變成了在職場幫助我很多的貴人，他們說：「沒人像妳這樣罵不走。」

因爲，他們沒有人講話比我阿嬤更難聽！

「被她教過的孩子，標準也會比別人高。」阿公的話一直在我心裡。

阿嬤雖然從不誇獎我，但是她的高要求標準就好像在幫我未來的人生鋪路，**人生沒有平順好走的道路或許是她早就體會到的，所以一開始就幫我把標準定得嚴苛**，讓我日後的求學、求職生涯，一路走來反而覺得平順。

從我有記憶以來，阿嬤家總是養了很多牲畜，每天放學例行性工作是要把熱騰騰的白米飯加上米糠攪拌，這會散發一種獨特的香氣，雞鴨只要一聞到，就會一窩蜂圍到腳邊，讓當時十歲的我寸步難行。

牠們也是阿嬤口中的優秀畜生、我的對手，一度我以為阿嬤比較愛這些會下蛋、有產能的動物，但看著逢年過節就被阿嬤抓幾隻來殺掉，我才確信……阿嬤比較愛我。

每天撿雞蛋也是例行性事務，有次學校自然課本上教了雞蛋孵化的過程。我回家就撿了一顆雞蛋帶回房間，放在棉被裡想要孵化，隔天起床後，棉被裡沒有小雞，只有被壓碎的蛋殼還有黏答答的蛋液，以及一雙被打紅的腿。

後記

每個人一天都只有一一四〇分鐘，如果不在意我，又怎麼會注意我？如果不是希望我更好，怎麼會花時間在我身上？願意花時間在我身上，不管是批評還是讚賞，對我來說都是禮物。因爲，你們沒有人講話會比我阿嬤難聽。

2

無所畏懼的勇氣

牙痛就用榕鬚根

我們一條牙膏五個人可以用上半年到一年，因爲阿嬤說，牙刷有沾到牙膏就可以，不需要像廣告那樣擠一大條，廣告都是騙人的！

日出而作、日落而息，當時的我們沒有睡前刷牙的觀念，都是起床才刷牙，帶著一口吃了整天食物的牙睡覺，可想而知滿口爛牙是正常的！

門牙痛完臼齒痛、臼齒痛完犬齒痛，結束後再輪一圈繼續痛，我和妹妹幾乎每一兩週就要犯一次牙痛。長期疼痛已經到讓我們姐妹習以爲常，也或許乳牙疼痛對生活影響不大，但阿公、阿嬤的牙疼就不簡單，常常痛到牙齦腫起來，臉歪了一邊。

阿嬤總是有很多治療疑難雜症的方法，「看醫生」絕對不在她的選項裡，因爲醫生跟廣告一樣都是騙錢的，她寧可把院子的花草統統試過一輪，總會有一株花草有效。

不過我跟我妹輪流牙痛實在太頻繁了，有天阿嬤載了很多像鬍鬚一樣的東西回來，一把一把折在一起，像麵線一樣洗乾淨後放到陶壺裡加水熬煮，熬到剩半壺水，原本的清水也變成了濃濁的咖啡色，接著倒入碗裡加上黑糖，遞給我們。

「這個治牙痛，喝了馬上就不會痛。」

那是阿嬤去廟裡摘回來的榕樹鬚根，她說摘完後還拜一拜，求佛祖保佑我們牙痛快點好。那個道理跟廟裡拿回來的符咒治百病差不多，但說也奇怪，喝完那碗榕樹湯後，牙好像就不痛了，之後阿公、阿嬤牙痛也都是來一碗榕樹鬚根。

發現阿嬤摘回來的榕樹鬚根治療牙痛好有效，有天在學校操場旁邊看到很多榕樹，每一棵都有很多垂下來的鬚根，一想起班上同學也有牙痛的困擾，不管他們爸媽是不是也覺得「看醫生是騙錢」的，但每個小孩都很害怕看醫生，所以下課我就會跟妹妹一起去拔榕鬚根，回家綁成一小束一小束，只要有牙痛的同學就拿給他們，讓他們回家照我阿嬤的煮法喝下去，保證牙齒立刻不痛。

那陣子我根本就是同學們的大長今呀！

隔天同學都會跟我說超有效，可能是因爲心理作用，也有可能牙痛時效性過了。

聳肩，不可而知。

我家有一個不成文規定，阿嬤遞到手裡的任何東西絕對不能有剩，否則會被罵「討債」、「浪費」，然後再把所有舊帳翻出來一起罵一次，所以不管內容物是什麼，都必須心懷感恩喝到碗底朝天，就算捏著鼻子都要喝光，這是封住阿嬤嘴的最好利器。

吾家有女初長成，阿嬤開始給我們每週喝轉骨湯、調理湯，她會在她的神草花園裡採採拔拔，有些需要太陽晒幾天才能熬，有些新鮮就能熬，不管五顏六色的花草統統丟成一壺熬，結果全都便是深棕色或黑色，帶著濃濃的藥草味。有些喝起來很澀、有些喝起來很苦，有些要跟雞肉一起燉，燉完之後白雞肉都變成黑骨雞，還要連乾柴的雞肉一起吃掉，總之，我從來沒喝過好喝的！

每次看阿嬤在廚房裡燉那些黑湯，聞著飄出來的味道，就讓我好焦慮、好痛苦，我眞的超級討厭喝那些不好喝的補湯！

湯端上桌後，我會迅速用假動作裝一碗，實際上碗裡可能只有一點點沾底，因爲太乾淨會讓阿嬤懷疑我沒有喝，所以一定要有點髒髒的湯汁，加上湊到嘴邊「咻」的一聲，假裝自己喝完了一整碗。

阿嬤的眼睛是雪亮的。

阿嬤雖然老，但眼睛眞的是雪亮的。（說老，其實那時阿嬤也不過才五十歲）

我很快就被識破假喝。之後的補湯一端上桌，阿嬤就會幫我們三姊妹一起裝好滿滿一整碗。碗裡有苦澀黑湯搭配乾柴黑雞肉，兩個妹妹也不知道是不敢忤逆阿嬤，還是眞的喜歡吃，總是吃得津津有味。

我在一旁等著她們吃掉半碗後，趁著阿嬤不注意藉故支開她們，再把我的整碗湯「公平」的分配到兩個妹妹的碗裡，只留下最後一小口，特地等在面前「咻」的一飲而盡，代表我乖乖喝光了，然後把碗放到碗槽去。

被支開的妹妹回來，看著像聚寶盆般的碗，喝完的補湯又滿了，紛紛敢怒不敢言，阿嬤在旁邊看著，她們兩個也只好乖乖把湯、肉都吃光，免得挨罵。經過那幾年我的餵食，我兩個妹妹身體壯如牛，因爲加倍補身體啊！

對，我就是一個這麼奸詐狡猾的姐姐。

多年後和妹妹聊到補湯這件事，她們兩個說當時眞的氣到很想揍我，因爲我每次拿著空碗離開時還不忘回頭叮嚀阿嬤說：「妹妹碗裡的湯還很多。」

我不只是會往妹妹碗裡添滿補湯的姐姐，以前阿嬤煮綠豆湯、仙草湯、紅豆湯，任何只要是有顏色的湯，我都可以惡作劇。

有次阿嬤煮了仙草湯，整碗黑黑的，我就順手丟了一塊腳皮進去。

有次阿嬤煮了綠豆湯，整碗綠綠的，我就順手丟了一顆鼻屎進去。

等妹妹整碗喝光，我還會問：「好喝嗎？」然後才會把「加料」的事情說出來，說完自己笑到噴淚，我妹則是氣到噴淚，等妹妹跑去告狀後，又免不了要被阿嬤抽打一頓，即使這樣我還是樂此不彼，我就是這麼一個欠揍的孩子。

阿嬤是個喜歡畫框框、給腳本的人，所有的事情都要照著她的劇本走，絕對不准你加戲或是自由發揮，除非你想死，那阿嬤絕對會助你一死之力，輕鬆KO讓你永生難忘。

但阿嬤的框對我來說沒有用，我天生不愛被約束，總是踩在阿嬤畫的線上或線外。阿嬤說東，我肯定往西；阿嬤要我喝光，我肯定找別人喝光。我從來就不在她規範的框框裡聽話做事，她讓去我們花生田拔花生，一排一排照順序，我就要坐在兩排中間一次摘兩排，感覺速度更快更有成就感，再加上阿公助攻我這種百年難得一見的不怕死個性，我做自己的功力大概就是那時候養成的。

其實長大後想想，當時把榕樹鬚根分送給同學雖然很莽撞，但也是出於「吃好道相報」的熱情，被我分送過的同學之後對我都很死忠。以商業角度看，那應該就是我最早的品牌經營成功案，學校種的榕樹鬚根免成本，我只需要花時間採集送給同學，**受惠的同學因為感激而來反饋或服務我，這不也是一種善的循環嗎？**

大灶在過年或是大節日時總是特別忙碌，我的工作是負責照顧灶的爐火。要先慢慢升小火熱鍋，等阿嬤放入粿或是要拜拜的全雞跟豬肉時，就要火力全開放入很多的柴火才會旺。

十歲的某一天，阿公跟阿嬤按照慣例假日也出門工作，我跟兩個妹妹在家實在太想要吃烤地瓜，於是先到田裡挖了幾條地瓜回來，然後我就在這熟悉的灶裡生火，等火燒旺，把地瓜放進去。

阿公這時候突然跑回來了，驚慌的趕緊掀開大鍋上的收納物品，又趕緊把火滅了，因為當時還小的我並不知道大鍋裡沒有水，柴火又在下面燃燒，很容易引起火災。還好阿公遠遠看見煙囪冒煙，匆匆趕回家才發現我們三個孩子自己升火烤地瓜。

還好沒有釀成大禍，阿公把我們帶到田裡挖洞窯烤地瓜，還幫我們隱瞞了這件事，沒讓阿嬤知道。

「阿公，謝謝你幫我保守祕密，讓我少被打一頓，下輩子還你。」

後院井然有序的柴火，堆疊次序都要按照阿嬤的邏輯擺放，不然一不小心撞到就會全部倒下來。

後記

我最想念阿嬤的手路菜就是鹹飯和香菇雞湯，從小吃到大，卻煮不出屬於阿嬤的味道。

鹹飯的油要放比平常多一倍，這樣子拌起來的飯才會好吃，先把香菇、碎肉、魷魚、芹菜放到鍋子裡爆香，香氣出來的時候適量加入醬油、胡椒、鹽巴，醬油可以多一點點沒關係，因爲炒料之後要拌飯。

「量要多少？」

阿嬤：「加減放就好。」

把皇帝豆或是芋頭跟白米一起煮熟，接著把炒香的料拌入。這就是阿嬤的鹹飯步驟，即使步驟、調味料都一樣，阿嬤的味道就是沒有人做得出來。

我記得那天我說：「阿嬤，鹹飯好好吃，我要拍下來在網路上教大家煮。」

「這個很簡單，拉拉乀就可以煮好。」

但是，阿嬤過世後我怎麼煮，再也吃不到阿嬤的味道。

慶幸自己很愛拿相機亂拍，阿嬤常常用手遮住臉或是打掉我的相機說不要拍，黑白照一堆是能看嗎？

記錄的這天，阿嬤還是嫌我礙手礙腳，擋到她的路，小時候我可能會生氣離開，長大後我卻嬉皮笑臉，硬是要賴在她旁邊煩她，因爲明白阿嬤對我的嚴格教育都是爲了讓我好，要不是在乎，怎麼會花時間對付我。（笑）

去相親吧！要嫁給養豬的才會好命

我從十七歲左右就開始了相親人生，對象不外乎是遠房表哥、堂哥，這種和親戚相親的模式一直持續了很多年，阿嬤始終像商店老闆推銷自家商品一樣，想把我們姐妹統統都推銷到養豬人家。

養豬是最強大的，富可敵國。這是深植阿嬤內心的想法。

雲林有很多養豬場，規模一家比一家大，吃飯時常會聽見阿公跟阿嬤在聊，哪家豬場昨晚又收了百萬現金。哪家豬圈裡豬都沒了，但一毛錢都沒收到，因為前一晚豬全部被偷走了。小時候我們的生活八卦總離不開豬，誰配種好，配出來的種豬很強，誰家的飼料很好，肉都沒有腥味，當時養豬眞的非常發達，人人都有機會靠豬一夜致富，或是被偷光，一夜之間什麼都沒有。

阿嬤很常騎車載我到一戶人家，那戶人家就像小丸子裡的花輪家一樣，門口有兩根羅馬柱和頂天的牌坊，在滿滿都是三合院的鄉下，這樣的房子顯得格外富豪。當時年紀還小的我看到這樣房子也覺得不可置信，世上竟然眞的會有人蓋卡通般的豪宅。當然這肯定是一戶養豬人家，阿嬤常常帶著自己種的菜和我來這裡作客。

「叫阿舅、舅媽。」

接著要阿舅的三個兒子輪流出來打招呼，彼此尷尬的坐在客廳看電視，每次流程都一樣，打完招呼長輩們聊兩句我們就離開了，這種走動模式持續到我回臺北工作後的某一天，手機裡突然有個陌生的來電，原來是阿舅的大兒子，我們姑且稱爲豬大哥好了，他說阿嬤讓他打給我，要他先約我，然後娶我。

這是什麼老哏情結？

說這是阿嬤想出來的劇情我完全不意外，畢竟她長期受到狗血八點檔劇情薰陶，直接把狗血劇本套用在我的人生裡也不難想像。我意外的是，這位遠房表親也是十七八歲的年輕人，怎麼會遵照長輩言，娶一個完全不認識的女子。通了兩次電話後，我把他設爲拒接來電，取而代之的是阿嬤的電話，常常上班到上一半就得躲到廁所去接阿嬤的電話。她一心一意要我嫁到養豬人家，好不容易安排這門婚事眼看就要被我搞砸，三不五時打電話來罵我不識好歹，也不是什麼顯赫家世，有個大戶豪門要我還推三阻四。

有了第一次經驗，陸續來的陌生電話就不再這麼棘手，畢竟臺北職場女子對上純樸豬場男子，是很容易就KO的。但阿嬤的電話依然沒斷過，每通都罵到狗血淋頭，畢竟從小窮怕的她，最大願望就是要我嫁入豪門。

豬大哥事件後沒多久，阿嬤要我回去住兩天，抵達阿嬤家的時間是傍晚，我在房間收拾行李沒多久，院子開來了一輛車，阿嬤半捏半推的要我上車，原來她把我叫回來就是爲了跟豬二哥認識。那晚我一個人上了豬二哥的BMW，他載我到嘉義去吃牛排，我心裡很氣阿嬤用理由把我騙回來，還把我送上她自以爲的幸福專車，一整個晚上我都很生氣，不管對方說什麼我就是非常生氣。當然，也不會給人家什麼好臉色。

豬二哥事件就在我臭臉吃完飯後，伴隨著手臂上被阿嬤捏出的瘀青，終於落幕了！

但別忘了，阿舅有三個兒子。

還好終於有個不聽長輩言的豬小哥，覺得幸福就該自己找，所以一次電話也沒打給我過，就這樣我和三個表哥的婚事告吹了。

阿嬤是個狠角色，我媽生了四個女兒，不聽話的我屢次讓豬表哥踢鐵板，於是輪到我妹了，三個妹妹一成年，一樣的套路就會在我妹身上重新上演，一直到豬表哥們結婚才停止這場嫁入豪門的鬧劇。

十多年後，即使我已結婚生小孩，她還是會時不時唸起當時要是嫁給養豬的該有多好。阿嬤窮怕了，結婚生孩子後更窮，賺錢必須要拿回家族而不是留著自己家用，這樣的苦日子是她一輩子難以擺脫的惡夢，所以我們還沒成年，阿嬤就已經盤算著要讓我們嫁到有錢人家，只要有錢就能富貴萬年。我認爲**或許貧賤夫妻百世哀，但有錢卻不相愛的夫妻也一樣百世哀**，不過阿嬤眞的窮怕了，以爲世上只要有錢就能一切和睦。

面對阿嬤這樣強求的感情觀，我也有顆很頑強的心臟和脾氣，沒有在阿嬤接二連三的脅迫相親出嫁，也沒有隨便找個人嫁了，終結這場養豬豪門鬧劇。那幾場被安排的相親在我心裡留下深刻的印象，那是我生平第一次這麼生氣的反抗阿嬤，更氣我媽對阿嬤唯命是從。

幾年後，我遇到合適的結婚對象，又掀起另一場家庭革命的風暴。

我只想要公證請親近的朋友們吃飯，但那是我們家族第一次辦婚事，哪由得我自己決定要怎麼辦。阿嬤希望所有迎娶儀式都要遵從古禮，提親、訂婚、結婚之外，祭祖、請轎、拜轎、出閣、坐財庫、安床等等一連串的儀式項目統統都要求男方要做足。大聘、小聘，還有十二件禮，這些一項也不能少。

結婚當天要有豬肉、甘蔗、青竹，還要有帶路雞、潑水、扇子。踩瓦片、過火爐、吃湯圓每項也都要做好做滿。

光聽完這些我已經氣到不想結婚了。我想要從簡，但這些繁文褥節不只花錢還要花費心力，結婚的是我們，爲什麼長輩要這麼麻煩？每天都在生氣，只要講到結婚的事情就跟我媽冷戰，到最後將近有四個月的時間不說話，我媽有事就讓妹妹來傳達。我不懂，結婚明明是一件開心的事，爲什麼全家人都要因此鬧得不愉快？

阿嬤很堅持結婚禮車上一定要掛一塊生豬肉，問她什麼意思，她說傳統就是這樣，一定要這麼做。

禮車前掛豬肉是因爲以前交通不發達，迎娶隊伍扛著轎子，怕半路上遇到老虎會撲向人，所以才掛豬肉引開老虎。有些傳統儀式長輩其實不知道爲什麼，只是因爲以前這樣，現在就跟著這樣，盲目追隨傳統。但現在時代進步，迎娶哪可能會遇到老虎出沒？

阿嬤有太多規矩說不出道理，媽媽要我閉嘴不要多問，做就是了。公婆也是第一次娶媳婦，幸好他們完全尊重阿嬤的意思，只要能做到的，阿嬤想怎麼準備都沒問題。

婚禮前一晚，我從媽媽手裡接過一個袋子，裡面是一條粉紅色絲質肚兜，上面繡了鴛鴦。「阿嬤說結婚當天，從早到晚都要穿在禮服裡面。」媽媽對著我說。

該不會是要我新婚當晚穿上勾引另一半吧？雖然樣式老氣了一些，原來阿嬤也有這麼開放的一面。但那件肚兜怎麼穿都沒辦法藏在我的平口禮服裡，最後阿嬤妥協讓我放在新娘隨身手提包，才讓我鬆了一口氣。

婚禮結束了，隔天我終於有時間打開那捲成一卷放在手提包裡的粉紅色肚兜，沒想到裡面掉出了一本寫著我名字的存摺，那是我工作這些年每個月拿回家給媽媽的錢，她每一個月都幫我存下來，全都存在這本存摺裡，是她給我的私房錢、是我的嫁妝。

眼淚不聽使喚的流下來，我好自責在準備婚禮的這幾個月，對媽媽還有阿嬤的不開心和憤怒，原來**她們只是用自己的方式在守護我**，**用傳統的方式祈禱我嫁過去也能過得很好**，那些討厭的繁瑣儀式都只是爲了讓我可以過得幸福。

原來肚兜的含義是象徵結婚後還能藏有私房錢。我不能理解的生豬肉，還有掛甘蔗、竹子都有趨吉避凶，祝福新人長長久久的意思，沒念過書的阿嬤用她所知的傳統儀式給我加持祝福，年輕的我不明白，也拒絕明白，白目的只想遵從自己心願的簡約婚禮，卻忘了阿嬤只是擔心自己不順遂的過去也重演在我的人生裡。

在阿嬤過世前，她一下看見死去很久的親人，一下看見我有了另一個孩子（當時我還只有一個孩子），有天她看著我跟我說：「妳跟老公要發財了，以後會過得很好。」。

當時我笑笑的說：「阿嬤，我現在也過得很好，即使沒有嫁給養豬的，但是我眞的過得很好。」阿嬤看著窗外不說話，只是笑著。

阿嬤過世後沒多久，我的工作越來越忙，後來還創了自己的品牌，我雖然沒有顯赫的家世背景，但靠著夫妻倆的努力，生活的確如阿嬤所預言，過得很好。老公常開玩笑說，我如果當時嫁給養豬的，現在可能是「雲林養豬嫂」不是「村子裡的凱莉哥」了。

我想跟天上的阿嬤說：「阿嬤，我過得很好，在妳的庇佑下，我眞的過得很好。」我想阿嬤要是聽見，肯定會說一定是當時她幫我掛豬肉、掛甘蔗，還有那件招人疼愛的粉紅色鴛鴦肚兜發揮了功能！

肚兜象徵結婚後還能藏有私房錢。

後記

出嫁那天我媽掩面大哭，甚至哭倒在我懷裡。後來才發現，女兒是膠水，是潑不出去的水，她生了四個強力膠啊！

大聘、小聘還有豬肉、禮金，即使結婚快二十年，現在想起來我都還是覺得心有餘悸。

很多年後我才知道，當初阿嬤的所有要求，老公都盡力做到，所以在什麼都要花錢的狀況下，存款早就不足，還得跟表姐借錢才結成婚。

「聘金都是擺出來看的，最後會還給新郎。」

「沒有，我阿嬤說真的要收下。」

我的這句話應該就是驅動老公要去借錢結婚的動機，最後聘金當然就是留給我當私房錢囉。

幾年後輪到妹妹結婚，我看她們每個都簡單得不得了，大聘、小聘都沒了

大聘、小聘都收下了，沒有在客氣的。

不說，十二禮、綁豬肉、掛甘蔗也都省了，更別說肚兜要穿在禮服裡這件事。大概經歷過一次「完整的」習俗，大家都累了。祝福依然在，習俗就免了。

誰叫我是老大，就當體驗人生吧！

飛龍在天，那條名為富貴的金龍項鍊

從我有印象以來，阿嬤只要有重要的事情，舉凡旅遊、吃喜酒還有去臺北，脖子都會掛上一條金龍項鍊。

當時去臺北對於鄉下人來說的確是一件「了不起」，值得跟左右鄰居炫耀的事情。

「我女兒在臺北，叫我去玩幾天啦！」阿嬤笑到嘴角都裂到太陽穴。

「怎麼這麼厲害，沒讀書還可以在臺北工作。」鄰居阿婆們紛紛說著，阿嬤笑得更得意了。

阿嬤每次去臺北都搞得像要出國看移民的孩子一樣誇張，她會從一個月前開始收集食物，像是青菜、豬肉、雞蛋等，到了要搭火車的前一週就會開始準備殺雞，而且不是殺一隻，是五隻起跳，小時候的我一直以爲臺北沒有這些東西，是個像沙漠一般的地方，所以阿嬤才特地從家裡慢慢收集糧食帶到臺北。

阿嬤有一件套裝，是短袖西裝上衣加上長裙，暗紅色西裝上面有一朵朵的白色梅花，那是搭火車、搭遊覽車、搭飛機必備套裝，不管去哪阿嬤最喜歡穿那套，還會慎重的從櫃子裡掏出一條金光閃閃的金龍項鍊做重點搭配。

阿嬤從我有記憶以來就很節儉，攢下來的錢全都拿去買金鏈子，金鏈子會裝在一個銀樓送的紅色有扣子的小包包，上面用金線繡滿了花朵或是羽毛等，阿嬤會很開心的包在手掌心裡，想到就打開看一看，最後才帶著微笑，收到櫃子的最深處。

每個月都會重複兩三次這樣的「閱金大典」，把所有金子翻出來看，然後告訴我們這條要留給誰誰誰。阿嬤口中的誰誰誰全是舅舅們的兒子，她常說：「女兒嫁人就是潑出去的水，賠錢貨，妳媽生了四個賠錢貨。」

「阿嬤，妳也是賠錢貨，可是妳很會存錢。」大概也只有年紀小還天眞的我敢這樣直嗆阿嬤。

阿嬤的金子們都是攢下來給金孫的。她最常配戴的那條金龍項鍊是要留給長金孫，因爲他是「長子」的「長子」。

金龍項鍊墜子是一大塊直徑約三・五公分橢圓形的金牌，厚度約〇・三公分，上面刻著一條龍，記憶裡那條龍就像在墜子上飛舞。繫著這塊金牌的鏈子是一條〇・二公分粗的金鏈子，長度大概有五十公分左右。

我戴過一次，就那麼一次。

結婚那天早上，我在房間梳妝打扮好，戴上因爲結婚而採買的金飾，阿嬤卻怎麼看都不滿意，生氣的說這金飾太不得體，太細、太小，會讓男方家的親戚瞧不起，更何況只有鍊子沒有金牌，男方會認爲我們家很窮，窮到嫁女兒連塊金牌也沒有。

「我們家就眞的很窮啊！」

「那也不能讓人家知道。」

阿嬤從她脖子上把金龍項鍊取下，硬往我脖子上掛，壓住那漂亮的現代禮服和原本秀氣的金飾項鍊，她滿意的露出銀牙笑：「這樣人家就不會看不起妳了。」

金龍項鍊讓我整天都很不自在，我趁阿嬤不注意，把墜子放進平口禮服裡，垂到乳溝中間，她只要一發現就會立刻拉出來。

我再趁她不注意把金龍項鍊翻面，翻到沒有金龍的那一面，她發現又會立刻翻回來，順便給我一個衛生眼，有時候還會偷捏我一下，要我不要再搞這些小動作。

明明是喜事，卻搞得我一直在生悶氣。

我討厭那條金龍項鍊，討厭明明是要留給金孫的項鍊，卻要在我人生這麼重要的場合硬是湊給我借戴，掛在脖子上假裝有錢，搞砸了那些我想留下漂亮身影的重要時刻。

婚後我還是很常回阿嬤家陪著聊天、小住，有次看《飛龍在天》時想起了那條金龍項鍊，問阿嬤到底爲什麼這麼喜歡？喜歡到我沒見過她戴別的項鍊，就連出去三天兩夜的遊覽活動也會戴著，在飯店睡覺也掛著，因爲她擔心小偷會偷走她的金項鍊。

「這是我買的第一條金項鍊。」阿嬤說。

阿嬤那年代，能買得起金子的都是有錢人家。她從小窮，窮到沒錢吃飯、念書，結婚後要照顧夫家的一大家子，窮到喝米湯。後來自立門戶後賺的錢終於不用照顧夫家的人，就開始攢錢，只要累積到一定金額就拿去買小金飾，小金飾集結後再拿去熔成大條的金鏈子和墜子，**阿嬤的金龍項鍊是她花了大半輩子存下來的，存下的是她的青春、是那些辛苦的日子**。

每當她戴上金龍項鍊就會覺得社經地位提高，走路有風。金項鍊是阿嬤心裡富貴的象徵，戴上金項鍊就像戴上了富貴的身分，別人不會看不起她、不會笑她是窮人家，會對她尊敬幾分。

四十歲後的我終於了解，當初阿嬤在婚禮儀式上硬往我脖子上掛的金龍項鍊，是怕我在日後的夫家抬不起頭，像她一樣窮到被看不起，一生都很辛苦。所以才把攢了半輩子富貴的分身借給我，讓我在夫家親戚前抬頭挺胸，胸口一塊又大又閃的金牌，脖子上一條又粗又閃的金項鍊，演出富家小姐出嫁的劇碼。即使這富家小姐身分是借來的，但至少在那一刻，阿嬤心上臉上的富足是真的。

多年後，我終於了解。

其實我的夫家根本不在意我有沒有富貴身分，富貴不是靠物品或是別人的眼光加持，而是自己襯得起這個富貴，即是貴。

阿嬤一直到離開，還是不了解。

屬於長孫的金龍項鍊，我就像灰姑娘一樣，婚禮結束褪下金龍項鍊，就恢復原本那個我。但我戴上的是阿嬤的祝福、阿嬤的青春，那是永遠刻在我心底的。

阿嬤還有另一條「鳳金牌」項鍊，我訂婚的場合比較小只有自己人，所以阿嬤拿出了這塊也不小的鳳金牌讓我掛在脖子上撐場，婚禮結束後我也不知道它去哪了。

但我在回憶這些金牌往事時，突然覺得阿嬤好了不起，她可以節儉到連我襪子鬆緊帶鬆了都幫我繫上橡皮筋反折後繼續穿，可以一個便當袋補了又補用了好多年，櫃子裡大大小小的金牌、金鍊子都是她省吃儉用攢下來的，根本就是個小金庫。積沙成塔應該就是這樣，只要把日常需求降到最低，也能擁有阿嬤這種鍊金術。

阿嬷的「鳳金牌」。

後記

媽媽說阿嬤沒有重男輕女，不分內外孫都有一條她攢下來的金項鍊，只是男孫的含金量比較重一些。

我知道阿嬤沒有重男輕女，她對我嚴格，對男孫更加嚴格，因爲擔心男孫會走歹路。同樣的錯誤如果我被打十下，男孫就會被打二十下，這就是我阿嬤的教養方式。

被控制的交友圈

小時候我人緣一直很好，男生也好、女生也好，都喜歡跟我做朋友。

班上有個同學身高一直是班上最高，鶴立雞群，總是獨來獨往很少看到她和誰要好。她的身上總是散發一股神祕的味道，像是雨天的水泥地混雜一點霉味，我也說不上來。班上同學能離她多遠就多遠，可我卻跟她很要好，我們會一起騎腳踏車回家，一起去操場散步，一起吃便當，因為她也從不在教室裡吃便當，還有那和我一樣，永遠灰灰的僞白襯衫和僞白襪子。

有天下課她哭著跑出教室，因為班上同學笑說她家沒廁所，都是在房子旁邊的空地挖洞上廁所。

看著她跑出去，我心裡其實非常難過，我家的廁所是屎洞通往地底，跟在屋子旁邊挖一個洞比也好不到哪去。所以也沒有勇氣說什麼，當時的我們都不懂，貧窮不該是嘲笑的話題，更不需要因此自卑，但孩子畢竟是孩子，自尊心還是被傷害了。

多年後我到埃及沙漠旅行，大、小便都得在帳棚附近挖洞，上完再埋起來，我又想起了這段往事，覺得她家根本很國際化，而且天然又環保。

阿嬤雖然沒有去學校參加過任何班親會，但她對我的同學們瞭若指掌，更厲害的是連家世背景也一清二楚，她不去徵信社當社長實在太浪費上天賞給她的天賦。

「不可以跟窮人做朋友，不然一輩子不能翻身。」這是阿嬤交友的規則，不可以跟窮朋友在一起，不然會窮一輩子。那位鶴立雞群的同學，阿嬤說她爸媽都在外地工作，家裡沒人管，所以不喜歡我跟她往來，怕我跟她一樣。

「可是我明明就跟她一樣。」

「所以才不能跟一樣的人在一起，會變得更貧窮。」阿嬤說。

阿嬤的理論是貧窮會傳染，萬萬不可接近。

我有另外一個好朋友，媽媽帶著他再嫁。生活很富裕，媽媽每次出國都會帶些日本餅乾回來，他都會分送給我。拿到寫著日本字的零食，我都神聖的捧回家，想跟家裡的人一起分享，但回去前都得先把外包裝撕掉，以免阿嬤疑心舶來品餅乾的來源。

在某個熱到整個人都快燒起來的暑假，朋友說繼父買了一個充氣泳池，讓我去他們家頂樓泡水。興奮的我騙阿嬤說要去合唱團練唱，在朋友家的頂樓第一次見到充氣游泳池，我開心的跳進池子裡，吃著他媽媽端來的冰西瓜，現在想起來，那天下午眞的是人間天堂。

不過到了傍晚，就是人間煉獄在等著我了。

我自以爲天衣無縫的頂樓富豪享受計畫，也不知道阿嬤到底從哪裡知道拆穿了我的謊言，現在想想，根本全村都是阿嬤的眼線。

痛打一頓後，阿嬤嚴禁我跟這朋友往來。

「阿嬤，你不是說有錢就可以當好朋友？」

「他的家庭環境複雜，媽媽是改嫁的，妳跟他做朋友會被傳染改嫁。」

齁！改嫁又不是傳染病，怎麼傳染啦？

跟我們家境相當的阿嬤說人生會沒長進，有錢的阿嬤又說家庭複雜會傳染。

有個很喜歡我的男孩，每天下課都在馬路那頭大喊我的名字，阿嬤說：「不要臉，這種人不能來往，以後肯定會偷吃。」

阿嬤挑朋友的標準，就跟挑老公的標準一樣嚴格，這些禁止交友原則我從來也沒遵循過，就像阿嬤反對我嫁的人，我還是嫁了。

我的每任男朋友都會帶回去，因爲阿公、阿嬤是我最重要的人，每次我都要提前跟對方說：「我阿嬤講話很不好聽，但她其實不是那個意思。」

交往期間，我幾乎每個月都會帶他們回去住幾天，他們愛烏及屋，也喜歡阿公阿嬤，但沒辦法跟阿嬤獨處，因爲只要一獨處，阿嬤就會開始數落男朋友，從長相到身材，最後還會說他們配不上我。

眉毛太濃密脾氣不好、身材太單薄扛不起責任、近視太深容易提早看不見，整天坐著的工作運動量不足容易中風。

不管我帶什麼樣的男朋友回去，總是會被阿嬤用顯微鏡放大檢視，除了阿舅家的養豬表哥們，我還真沒聽過阿嬤誇獎誰。

阿嬤用自己的標準去定義一個人，**過於直白或許看來覺得誇張，但我們自己又何嘗不是？只是包裝得比較文明而已。**

我想起年輕時候的主管，一個用名牌定義個人價值的主管。

當時我任職一個百人的創新公司，行銷、業務每個打扮都是非名牌不穿，我是個從鄉下來的二十歲小女生，能懂多少品牌？

主管有天在部門會議朝著我說：「lobintan 妳也穿得喜孜孜。」

後來才知道他是在取笑我穿路邊攤，二十歲的我沒錢買專櫃名牌，更不知道名牌的定義是什麼，只覺得當眾被這樣點名嘲笑讓我尷尬得想鑽進地洞。

後來有一陣子我迷失在精品包包裡，刷卡負債餓肚子也要買精品包來襯托自我身價，揹著名牌包包表示自己也是精品、也是名牌，走在路上下巴都不由自主的抬起來。好不容易走過了負債那幾年，我才領悟到把自己變成撐得起所有物品的人，才是眞正的名牌。

「妳爲什麼不揹好一點的包包？」朋友問。

我的價值並不是在我揹什麼包，而是我展現出來的樣子。不管我用精品包或是環保購物袋，那都是用來裝東西的袋子，不是襯托身價的東西。你的價值，只有自己能定義。

朋友說我總是可以自由的做自己，從不擔心其他人會怎麼想。就像有一支「神奇粉筆」專門圈人，讓接觸過的人都能喜歡我，即使任性的做自己也不會讓人討厭，好像一切發生在我身上都這麼理所當然。

我想那是因爲四十歲過後的我，**終於懂得用內在價值撐起外在**，喜歡精品包、精品設計，有能力買設計品是對自己的犒賞，但不會把自己的價值放在「買」來的，自在才是自我最大的價值。

膽大包天，但戇膽成就我

我媽很會生、很愛生、很容易生。家裡每一年半就會多一個新生兒，幾乎是小小孩就要練習照顧小小小孩。

大妹從小貪生怕死，阿嬤到處跟人說我妹怕死，還好阿嬤不是里長，不然她大概會藉由廣播讓全村都知道我妹很怕死。到現在我只要想起那一段往事，耳邊都還會響起阿嬤正在罵坐在高腳椅上不敢自己下來兩歲的大妹：「哩謀號（妳沒用）。」

當時被我媽染了整頭金髮的妹妹寧可在椅子上狂哭一下午，也不敢自己跳下來，阿嬤沒有因爲我妹的金髮把她暫時當成是外國孫或是客人，對大妹的嚴格到現在我還記得一清二楚。

童年時我跟大妹、二妹一起住在阿嬤家，某天下午天氣正好，阿嬤午覺醒來後提議到姑婆家玩。我們最喜歡姑婆家了，因爲有冰涼的冬瓜茶可以喝，只有我跟阿嬤會騎腳踏車，一腳輕鬆的跨上腳踏車，我的後座載著當時六歲的二妹，按照常理，大妹應該跨上阿嬤的後座，但阿嬤異於常人，從停車間牽了一輛腳踏車放在她前面說：「妳自己騎。」

「阿嬤，可是我不會騎腳踏車。」

「那妳就想辦法會，不然不要去。」阿嬤丟下這句話。

「然後呢？」某次聊到童年回憶時我緊接著問妹妹，在我的腦海裡完全沒有這段記憶。

「然後我就牽著腳踏車，看著妳跟阿嬤還有妹妹騎走了，我一個人在院子裡哭，哭了很久妳們終於回來了，妳還跟我說姑婆家的冬瓜茶很好喝，姑婆有多給一包讓妳帶回來給我，但妳半路太渴就喝光了。」

難怪我完全失憶，原來我也是妹妹童年悲慘回憶的幫凶之一。

「所以我們回來妳就學會騎腳踏車了嗎？」

「怎麼可能。」我妹給了白眼並且大吼。

大妹很怕下雨，只要一下雨就會怕得不敢出門。

「哩謀號。」後面偶爾會加上：「頭這麼大還怕淋死。」

我們有一輛三輪車，我常載著妹妹在院子裡以腳踏車最高時速狂飆，過彎偶爾會翹孤輪，聽著妹妹在後座的哀嚎尖叫聲讓我樂在其中。有天我又在院子狂飆三輪車時，突然下起西北雨，夏天的西北雨非常恐怖，根本是老天以倒水桶的方式潑灑下來，我一看苗頭不對，當機立斷決定棄車逃進屋，坐在三輪車後座的妹妹因為被車子卡得剛好，想逃也逃不了，連人帶車在院子裡被大雨淋到哭，邊哭邊喊：「我會被淋死，我會被淋死。」

阿嬤見傾盆大雨她一個孩子不懂得躲，還坐在車上淋雨說會死，去救她的同時嘴裡也罵著：「哩戇慢（笨拙），伍夠戇慢，雨來了也不躲，這麼怕死。」

現在看來，阿嬤罵人的花招真的非常有趣，如果生在這年代應該是個名嘴，罵人不需要髒字還能罵到祖宗十八代的超級名嘴。

大妹從小謹慎的個性在阿嬤看來，就是一個「怕死膽小」的孩子，這也是為什麼她小名叫慢慢，因為做什麼事都很慢。

如果我妹是「慢慢」，那「快快」就非我莫屬。

從小我就「膽大包天」，我媽雖然生了五個，但似乎把膽子都給我了。我上幼兒園第一天就用石頭把同學打到頭破血流，老師要媽媽把我帶我回家，才小班就被退學。

換了另一家標榜愛的幼兒園，上學第一週就跑出學校大門，一個人走在都是砂石車經過的馬路上，被隔壁的水果攤阿姨帶回家，媽媽氣到去幼兒園跟老師理論，老師說妳家這個孩子太難管、太皮、講不聽，妳帶回家吧！

才小班就被退學兩次，媽媽只好把我送回雲林跟阿公阿嬤住，希望鐵面無私的阿嬤可以管得動我。

不管我再怎麼皮，阿公都很包容我，包括去田裡把人家的牛繩子解開放走、拿竹竿打牛屁股讓牠狂奔、打開阿嬤的雞鴨籠、把雞蛋拿去餵狗，還有那件我被笑了四十年，拿羊大便吃的事。

阿公對我的無限包容並沒有一樣出現在阿嬤身上，在她眼中我膽大包天，如果不嚴加管教以後一定會作奸犯科、無法無天。

如果阿嬤是女版包青天，我就是女版的淘氣阿丹！當包青天對上淘氣阿丹，天雷勾動地火，一個沒事就賞你大板、一個怎麼打都不怕，繼續調皮搗蛋。

阿嬤最常對我說：「哩謀號。」「歹路不可走，謀就撿角（沒出息）。」阿嬤就是一個講話這麼不好聽的人，只要有人不順她的心，就會把畢生所知道的髒話和難聽話一起罵出來，不管那個人是誰，即使是當時才四歲的我。

我四歲的時候，家裡已經有兩個妹妹，媽媽在臺北努力問仙姑、拚生兒子，我和兩個妹妹小時候都住在阿嬤家。當時的搖籃是麵粉袋縫製而成，兩邊架著三角形竹竿，孩子躺進去後麵粉袋就會往下沉，搖籃牽了一條長長的棉繩，方便大人看電視或是在床上時可以拉扯棉繩讓搖籃持續晃動。

那天，不滿一歲的二妹躺在麵粉袋做成的搖籃裡昏昏欲睡。吃完午飯後，阿嬤讓我繼續把妹妹搖睡，她要去煮綠豆湯，就把棉繩交到我手上，教我怎麼拉才能讓搖籃持續晃動，聰明如我一教就會，搖得順手後阿嬤就離開房間去煮綠豆湯。

我手上的棉繩一拉、一放、一拉、一放，不到五分鐘就覺得無聊。我把棉繩放下，用腳踢搖籃棉袋，每一腳都正中妹妹的身體，藉由這樣使力讓搖籃繼續搖晃，四歲的腳一踢、再踢、又踢，實在太開心了，就像是盪鞦韆一樣，我越踢越開心、搖籃越盪越高、越盪越高，最後高到不可收拾停不下來，我眼睜睜看著搖籃三百六十五度翻了一整圈，然後妹妹就在搖籃晃到最頂的時候，摔到地上。

驚天動地「哇！」的一聲，摔到地板上的妹妹大哭，我嚇得趕緊撥開麵粉袋「撿」起她。

阿嬤衝進房間，看著我慌亂的收拾殘局，那倒下來的搖籃架還有躺在地上嚎啕大哭的妹妹。

阿嬤順手拿起旁邊的不求人搔癢棒，往我身上一陣狂打，嘴裡還喊著：

「妳不情願就說，爲什麼把妹妹推到地上？」

「哩謀號，連搖個搖籃都可以弄倒妹妹。」

「哩撿角，還不如現在就離開這個家。」

四歲的我聽了，馬上收拾了幾件衣物，走出阿嬤家大門，那是一條兩邊都是水溝跟田的道路，兩公里的盡頭處便通往大馬路。

我一邊哭、一邊走、一邊期待遇到阿公剛好從田裡回來救我，我走得很慢、很傷心，眼看都快走到馬路上，阿公怎麼還沒出現？反倒是馬路盡頭的鄰居阿婆看見我一個人腳上到處都是被打的傷，邊哭邊走說不要回家，擔心我一個人是可以走到哪？好說歹說硬把我拉回家。

回家後阿嬤見到我被鄰居帶回來，也不知道是丟臉轉生氣還是眞的太火大，劈頭就罵我不情願搖妹妹、把妹妹推到地上，年紀小小不知好歹還想離家出走、劣根性太強無法管教……所有難聽的話都說盡了。

好不容易哭到阿公回來，不管我做了什麼離譜的事情他總能寬容看待，他知道我不是故意把妹妹推倒在地上，也知道四歲的我要離家出走該有多大的勇氣，他黝黑的臉露出白牙對我笑了，幫我把臉擦乾，舀了阿嬤生氣中滾好的綠豆湯，讓我吃完後就不要跟阿嬤生氣了。

一直到我成年，阿公每次說起這段往事都還是笑容滿面，說我「戇膽」，年紀這麼小還敢離家出走，走整天可能連村子都走不出去，是能走去哪？但講到最後也總是不忘鼓勵我，**「戇膽」不是每個人都有，尤其在面對困難挑戰的時候，戇膽可以帶來勇氣和幸運**。

阿公慧眼識英雄，阿嬤一眼識破我是狗熊。

我離開學校後的人生真的很順遂，從來沒有寫過求職履歷表，學校一畢業，老師就幫我介紹了一份工作，我的「戇膽」讓我不擔心自己缺乏職場技能，勇敢去了。

第二份工作是前老闆介紹，工作性質從美術變成企畫，一個我完全陌生沒接觸過的領域，我的「戇膽」又再次幫我度過轉職，先接了再說，總是會有辦法，結果第二份工作一做九年。

後來創業做「小小 **PETIT**」時，周圍朋友都跟我說不會成功，就連老公都不看好，這門生意能創造多少業績？但我再次憑著「戇膽」，讓品牌一年比一年好，到現在也已經邁入第七年了。

我文筆不好，作文很爛、成語亂用，但「戇膽」讓我寫了四本書。

我想，是我的戇膽爲我帶來無所畏懼的勇氣。

我想，**是阿公肯定我的戇膽，爲我的人生帶出精采**。

不戇，怎麼知道自己行不行？

後記

阿公家的每一隻狗都是鄰居送的，不然就是從田裡跟回來的。跟回來的就是有緣狗，阿公說不養不行，那是佛祖派來的狗。

阿公家門前那條小路只有兩戶人家和一間倉庫，倉庫養了一隻看門狗，但主人卻幾天才來一次，阿公每次餵自家狗時總會聽到倉庫的狗一直吠，後來才知道原來狗天天都餓著肚子。之後，阿公每天要餵自家狗時，都會端一份給倉庫的狗。

有天深夜，大門一直發出撞擊聲，阿公出來確認，發現是倉庫的狗用頭和身體一直撞大門發出聲音，見到阿公後，像是鞠躬一樣猛點頭，阿公讓牠趕緊回去睡覺，明天再去餵牠。

隔天，阿公就再也沒見過那隻倉庫狗。那一晚，牠像是跟阿公道別一樣，謝謝阿公對牠付出的愛。

「小黑」是阿公在人世間最後陪伴的一隻狗。阿公過世後是小舅在飼養，小黑年紀大漸漸衰老、看不見，已經病了好久，常常趴在狗籠裡一點朝氣都沒有，小舅煮麵給牠：「熱呼呼的麵吃一點比較舒服。」

小黑張大雙眼，好像用盡了力氣看著小舅。

「小黑，我已經找好你離開的好地方，如果你眞的不舒服，就走吧！不要有牽掛。」

午覺起來，小黑已經跟著佛祖離開了。

阿公家的每一隻狗幾乎都是自己來的，每一隻都陪伴著我們很久，跟家人一般的存在。

看著這些狗的來去讓我從小就懂得生命的珍貴，一旦養了就要好好照顧牠們到離開，這是責任也是義務，每個動物都是一條寶貴的生命，用一生陪伴著人類。

而人類對牠們的好，牠們都知道。

通往臺北的列車，要開了！

我在阿公、阿嬤家斷斷續續住了很多年，最長的一次是小學三年級到六年級。每到寒、暑假，我的任務就是帶著妹妹們搭火車北上，幫我媽運送這半年來阿嬤攢下來的雞鴨魚肉和蔬菜。

「臺北沒有這些東西嗎？」

「臺北物價貴鬆鬆，自己養的比較省。」

家裡只有機車、腳踏車，每次我們要去臺北，阿公會先打電話叫車，當天就會有一輛黑色的轎車到家裡來接我們，從家裡到火車站大約需要四十分鐘車程，抵達車站阿公會給司機一點錢，讓他去喝涼水，等阿公送我們上車後，才能搭回程車。

阿公會陪著我們把一箱一箱的包裹拎到月臺，那時候手扶梯還不普遍，再加上鄉下地方連電梯都沒有，每次我們都得先下樓、穿過長廊、再上樓，手上那大箱小箱的包裹，我跟妹妹合作也只能扛一個，其他都要靠阿公慢慢一箱一箱上上下下，走好幾趟才能到達北上月臺。

每一次去臺北，阿嬤都像在搬家一樣，會先到菜市場收集賣水果的紙箱，陸續把不需要冰的菜、蛋慢慢放到箱子裡，直到當天早上再把一包包冷凍的肉放進箱子，最後用紅繩子綑綁一圈又一圈。

這些沉重的箱子，要不是阿公，孩子根本提不動！

阿公會跟我們一起在月臺等火車來，火車停靠時，二妹要先上車找四人座的座位，我跟大妹負責扛一箱，阿公一手一箱緊跟著，找到座位把綠色椅子轉過來兩兩面對面，兩張長條椅子中間就形成一個置物空間，阿公會把箱子先放在這空間，再趕緊下車搬剩餘的東西，如果時間來不及，就只好先搬到火車門口，等火車開了我跟妹妹再慢慢拖到位置。

兩兩面對面的椅子中間塞滿了紙箱，我跟妹妹的腳只能放在這些紙箱上，其他乘客即使想要坐在我們三個人中間空的位置，也很難擠進來。

平快車最便宜，但是每一站都靠站，從雲林晃到臺北要四、五個小時，阿嬤說不可以睡著，包裹會被偷走，可是搖搖晃晃的車廂實在讓人犯睏，只好和妹妹在車上輪流睡覺，每當我打瞌睡耳邊就會想起阿嬤嚴厲的聲音：「包裹要顧好。」精神就會瞬間振奮，阿嬤迴盪在耳邊嚴厲的聲音比任何提神飲料都還要有效。

某次，又到了北上送菜、送肉的日子，遇上村子裡的神明也要過生日，阿嬤殺的雞都拿去獻給神明，一趟路北上沒有帶到雞，阿嬤心裡過意不去，唸了一整週。

要去臺北的日子到了，早上起床後，照舊一箱箱打包好的紙箱在院子裡等著我們，車來了一路暈到火車站，阿公搬上、搬下月臺，一陣手忙腳亂火車終於往臺北開了！

我跟妹妹按照慣例把腳翹在箱子上，突然有一個箱子左右搖晃起來，我們嚇到同時把腳往椅子上縮，等到腳底下的箱子停下來，才湊上前往箱子旁的小洞向裡看，沒想到看到的竟然是一隻活體雞的側臉，火紅的雞冠、炯炯有神和我對看的小眼，還有那尖銳的喙，一切都那麼不可思議，我跟妹妹對看一眼，迅速彈回位置上渾身冒汗。

這是阿嬤的作風。

這就是阿嬤的作風。

這些事放在阿嬤身上就是合理，因爲廟裡也要拜拜，來不及殺更多的雞，自己養的最省錢這件事她一直記著，索性把雞放進箱子裡，讓我們帶著活體到臺北，也不管三個小小孩是不是可以駕馭躁動的雞群，也不管萬一雞在火車上掙脫了箱子怎麼辦，總之省錢就好，其他都是小事。

箱子裡一共放了三隻雞！一隻躁動其他兩隻就會「聞雞起舞」，整個箱子就像是關著「雞飛狗跳」。驚嚇過度的我後來對這些搭火車到臺北的活體雞一點印象都沒有，也不知道最後牠們的生死。

搭火車上臺北那四五個小時的車程，總會遇到一些放假的阿兵哥也要北上，有時整個車廂全都是阿兵哥，只有我們三個小妹妹，因爲火車開得很慢、停站好久，常會遇到阿兵哥跟我們聊天，去哪啊？做什麼呀？這麼小怎麼自己搭火車？也會聊到他們當兵討厭的事、有趣的事。

那時候月臺都會有販售飲料點心的小攤販，我跟妹妹身上有阿嬤幫我們準備的點心和飲料，通常是傳統大餅加上鋁箔包運動飲料，看到窗外小販販售的精美零食常忍不住吞口水。

阿兵哥們會在火車停靠時一窩蜂衝下去買，如果外面是個年輕貌美的攤販，那眞的會被包圍到水洩不通，火車緩緩開了，他們才會趕快跳上車。

通常只要聊過天的阿兵哥，就會順手送三瓶飲料給我跟妹妹。自從四年級看了小舅房間的《情書大全》後，我一直覺得這應該就是戀愛的感覺，素昧平生相送飲料，這不是訂情，是什麼呢？

所以每次搭火車我都會好期待能遇到阿兵哥們，那一群血氣方剛的小伙子，對我來說，充滿了愛情的想像。

當時我眞的是個孩子，和妹妹接過阿兵哥的飲料，大口喝得很開心。現在當媽了以後，總是跟孩子說：「陌生人的東西不能吃。」

是社會變了，還是我變了？

想起那單純的世界，總覺得很美好，什麼事都不用太擔心，連陌生人的飲料都可以放心的喝。

小學畢業後媽媽決定把我接回臺北讀國中，升國中那年暑假，天氣一樣炎熱，在阿公阿嬤家住了那麼多年，東西說多不多、說少也不少，這次沒辦法自己搬著行李回臺北了，是舅舅開車回來接我。

把行李都搬上車後，我一屁股坐進後座，不跟任何人說話。

「跟阿公、阿嬤說再見。」舅舅對著車內的我們說。

妹妹像招財貓一樣，跟窗外的阿公、阿嬤不停揮手，我不為所動的看著遠方，直到車子開離開阿公家的紅色大門、離開那條我走了幾千個日子的小路，紅色大門漸漸越來越小直到看不見，我才把頭埋在腳中間大哭起來。

自從阿公知道我要回臺北念國中後，他溫柔的眼神裡就多了份不捨，那陣子我只要跟阿公對到眼就想掉眼淚，我知道他不捨，我也不捨。

在那打罵教育的年代裡，面對一個三兩天就闖禍，被阿嬤照三餐打的叛逆孫女，阿公卻從來沒有罵過我，他待我永遠都是笑咪咪的，那眼神就像是在告訴我：「沒關係，妳就是與眾不同。」

即使阿公已經離開多年，但只要我遇到挫折，總是會想起阿公的眼神在跟我說。「沒關係，妳就是與眾不同。」

是，我就是與眾不同。

我永遠忘不了那天站在紅色的大門裡的阿公，揮手的身影越來越小，我的視線也越來越模糊。

天天住在一起時沒感覺，真正別離的那一天卻難過到說不出話，即使還是會常常回來探望，但跟「住在一起」是完全不同的擁有感。

有了孩子後，阿公會推著她們在這條路上來回散步，每次看著阿公的背影，就想起那天我決定北上念書的時候，阿公可能也是這樣珍惜著和我相處的背影。

這一條路見證我人生的喜怒哀樂，它是阿公家大門前的小路。四歲的我一邊哭，一邊走在這條路上，期待遇到阿公把離家出走的我拎回家。四十歲的我一邊哭，一邊走在這條路上，在送走阿公的那一天。

3

原來我們都是這樣長大的

天靈靈地靈靈，不靈仙姑

爺爺是一脈單傳第三代，那年代說什麼也要留下兒子才算圓滿，也才是結婚的終極目的。當時奶奶一直懷不上孩子，到廟裡去祈求仙姑指引明路，仙姑說先領養一個女兒，兒子就會來報到了。

領養了第一個女兒後，奇蹟似的接二連三生了三個孩子，只是都是女兒，眼看都來到第五個孩子了，也不知道是會湊成五仙女還是可以來個男丁，終結生孩子的命運。

幸好，老天終於把爸爸賜給奶奶，結束了奶奶的生子之路。就因爲如此得來不易，聽說我爸八歲上學前都是雙腳不落地，由奶奶揹他到任何地方，母奶也是喝到八歲之後才停奶，母奶可以餵這麼久我也覺得很厲害。（奶奶的奶頭被吸了八年應該很長吧！）

當你不喜歡人家這樣對你時，就不要這樣對別人。但在那年代，你不喜歡人家這樣對你，熬出頭後會變本加厲對待其他人，媽媽就是在「把不合理合理化」的年代下，嫁作人媳。

那個年頭結婚都是把留下子嗣當是最大目標，尤其是一定要生兒子，這樣以後祖先才有人可以祭拜。媽媽結婚時才十九歲，糊里糊塗就跟開店的小伙子在一起，不顧家長反對，說什麼也要遠嫁臺北。二十歲生下我，一結婚都還沒認眞一起生活就懷孕，用現在人的角度來看，怎麼這麼容易受孕？莫非眞的年輕很好孕？

媽媽受孕過程很順利，但是完成任務的過程很艱辛。

當時沒有什麼產檢或是超音波這種檢查，都是懷孕後到醫院生下來的那一刻才知道孩子的性別，我媽趕進度似的懷孕，簡直是天大喜訊，奶奶滋補她、爸爸愛護她。陣痛要生的那天，奶奶、爸爸、媽媽一起到醫院去迎接我，當產房傳來哇哇哭聲，報喜是女娃，奶奶便搭車回家了。

媽媽出院後，奶奶給了她任務：「下一胎要生兒子。」

那次出院我媽做完月子，就到廟裡去求仙姑指引明路，仙姑掐指一算：「下一胎就是兒子。」媽媽聽了滿懷希望，不到一年時間，懷上第二胎。

第二胎奶奶跟爸爸也是到醫院迎接，性別揭曉歡迎我妹來到世上後，又先離開醫院了。

身爲媳婦，首要任務就是「生下兒子」，生再多孩子沒有兒子也等於沒生。我跟我妹在奶奶的滿懷期待下出生，但性別揭曉卻連一個擁抱都沒有就離開。

出院後除了坐月子，媽媽又去找了仙姑。

仙姑喃喃算了算：「下一胎兒子命就會來了。」

我眞的覺得我媽是生孩子奇蹟，很容易就受孕，懷孕生產過程都沒有不舒服，生孩子速度之快，在我兩歲左右，我媽第三次懷孕了！

這次懷孕她帶著兩個小寶寶度過了孕期，奶奶看她肚子又尖又圓加上仙姑加持，肯定是兒子來報到了。有產兆時，奶奶、爸爸、媽媽又再度全家一起到醫院，期待著媽媽完成生兒子的任務。

結果呢？掌聲歡迎，我的二妹來到世上。

是的，我媽連生了三個女兒。奶奶連續被仙姑晃點三次失望回家。這次根本不用等到月子做完，媽媽抱著寶寶直奔仙姑處，怎麼又是女娃兒？

仙姑：「老三名字不要取中間字一樣，保證下一胎一定是男生。」

媽媽聽了如臨聖旨，跪拜道謝後抱著二妹回家了。

不知道是年輕不懂事還是連續生到腦子也混沌了，仙姑連說兩次不準，第三次怎麼還會想要相信她？可是她的媳婦任務還沒完成，奶奶給她的傳宗接代壓力山大，就在二妹滿週歲沒多久，當時二十五歲的媽媽肚子裡有了第四胎！

如果媽媽活在這年代眞的會是驚世媳婦，怎麼會乖巧到每年不是在懷孕就是在生產，青春年華都在生孩子、照顧孩子中度過。話說媽媽這次懷孕特別謹慎，前面已經被仙姑晃點三次，這次常常沒事就跑去跟仙姑再三確認性別，仙姑也再三保證這次肯定是男孩。

終於等到產兆來了，奶奶跟爸爸已經對即將臨盆這件事疲乏，誰知道會不會又是放羊的仙姑，媽媽一個人搭計程車去醫院生，生完也沒有住院，搭著計程車抱著寶寶回來交任務。

「我們那年代哪有什麼住院，是現代人生太少才要住這麼久。」

我媽頂著大肚子搭車去醫院生，生完帶著小寶寶回家，就我聽來實在是太不可思議的勇敢。

終於！歡迎弟弟來報到。

奶奶抱著剛出院的弟弟，開心的說家裡終於有後，要媽媽趕緊抱去謝過仙姑，然後順便問一下，下一胎會不會也是兒子？因爲現在要開始走兒子運了。

我自己寫到這裡都覺得好鬧，不過媽媽是孝順的好媳婦，她在我弟滿月沒多久就又懷孕了。（這麼容易受孕的體質也眞是不簡單）

所以我弟滿週歲後，家中又添了個妹妹，終於終結了我媽六年來不停懷孕、生孩子、坐月子的人生。

「我就喜歡小孩，所以才一直生！」我媽是這樣說，但是我的童年幾乎都是在鄉下跟外公外婆一起住，因爲他們不捨女兒不停懷孕生子還要帶小小孩，所以我幾乎都是在鄉下長大的。

後來講起這段過程，朋友聽到家裡五個孩子只有一個兒子時，第一個反應都會大呼：「妳弟一定被寵上天吧！」

對，我奶奶眞的對她盼很久的男孫寵翻天，她的房間只有我弟可以進去，有好東西只會留給我弟，所以我們跟奶奶也都不親，但除了奶奶我們還有外婆啊！阿嬤在這齣「必定要生兒子」大戲的下半場占了很重要的戲份。（根本女主角了）

大家都以爲我弟一定可以享受當皇上的待遇，但遇到我外婆眞的不是這樣，阿嬤根本就是女版包青天，對我們都非常嚴格了，對我家唯一一個兒子更是嚴格到我在一旁當王朝馬漢都冒冷汗的境界。

我弟碗裡沒吃乾淨，只要有一根菜、一粒米都會被揍，阿嬤說不准浪費任何一粒米。有次弟弟和朋友蹺課偷跑去打電動，回家被阿嬤罰跪起碼六小時，而且手還要維持高舉，外加屁股打幾大板，當時我覺得弟弟好可憐，雖然去打電動不對，但也不是什麼滔天大罪，跪到他白皙的膝蓋都黑青了。

小學的他跟同學放學到便利商店，同學想偷東西讓他把風，失手後兩個一起被抓去警察局，當時是我媽去把我弟領回來跪在兔子籠旁邊，後來阿嬤北上又跟我弟重新算這筆被抓到警察局的帳，可想而知有多慘烈。

阿嬤說媽媽爲了生這個兒子眞的很辛苦，如果把他寵上天，以後什麼事都要靠爸媽，那就枉然了，所以阿嬤對我弟眞的非常嚴格，不管什麼事都像包青天審案那樣公正，但公正那把尺是阿嬤心中定義的標準，很嚴格、嚴格到無法體會。

奶奶跟阿嬤都有「一定要生兒子」的觀念，這觀念完整的 copy 給我媽。

「不是說不喜歡人家怎麼對你，就不要這樣對人家嗎？」

我媽完整的複製奶奶跟阿嬤「只有兒子才能傳宗接代，女兒都是潑出去的水，留不住」的傳統觀念。（後來發現女兒都是膠水，根本是潑不出去的水。）

當初我結婚後，媽媽就天天問：「懷孕沒？」

「我們計畫是三年後才打算生孩子。」

「妳這樣怎麼對得起公婆？」

「我公婆不在意。」

「那是人家嘴巴沒講。」

我實在沒辦法心平氣和跟我媽聊這些事，她總是用她生孩子的速度和年紀來要求我必須要跟她一樣，十八歲高中畢業她就希望我可以結婚生孩子。（但卻不准我超過晚上九點回家和未婚懷孕）她的人生沒有計畫，卻把所有計畫按在我身上。

結婚後我們計畫在二十九歲懷孕、三十歲生孩子、隔三年再生老二，就這樣如願生了大女兒小露。

我媽從「趕快生。」進化成「老二一定要生兒子。」

「我公公說男生、女生都好。」
「那是妳公公客氣，妳怎麼知道人家心裡是不是真的這麼想？」
「男生、女生也不是講講就會成真，不然妳就不會連生這麼多個。」

我可以理解她活在被「規定」一定要生兒子的年代，但男女不是想想就能控制，每次一講到這我們就會吵架無法繼續說下去。而且我無法忍受的是，我媽除了規定一定要生出兒子外，還會順便汙衊我公婆會在意。

我公公真的是一個很好的長輩，從來沒有催過我們生孩子，後來我們打算要生的時候他跟我說：「男生、女生都好，一個、兩個都好，有生就好。」

公公真的是一個很明理的人，他明明也想抱孫子卻不給晚輩壓力，等我們開口確定計畫要生，他才說：「有生就好。」

三年後我的人生計畫表如願走到第二胎，小女兒小梨來報到，我媽從產檢知道是女兒，就想開始幫我張羅第三胎生兒子的事，一直到小女兒十歲她都還不放棄鼓吹我第三胎要生兒子。

「生兒子」的壓力已經在她心裡埋下很深的根，總覺得人生一定要有兒子才是圓滿，雖然她對女兒的好也如同兒子一般，但被婆家施壓必須要兒子這件事她始終認爲我公婆只是不說，要有兒子才能對婆家有所交代。

但我認爲，**生兒子是名氣、生女兒是福氣**。

我有兩個福氣、我媽有四個福氣，很滿足。

我不只是膠水，還是強力膠。出生沒多久就是和阿公阿嬤一起生活，阿公愛我、包容我、縱容我，我自然愛他甚多，不只是黏著娘家，也黏著娘家的娘家。十歲的我有時候會突然吸不到空氣，整個人快要窒息，非常難受，每次吸不到空氣，我就會彎著腰把頭抵在阿公的肚子上抱著他，瘋狂的發出吸不到空氣的倒抽聲，很驚人、很可怕，但我們都不知道怎麼了，阿公到處帶我收驚、阿嬤煮草藥給我補，當時不知道那是氣喘，每週都會發作好幾次。

到了十一歲的某一天，這症狀突然好了，我再也沒有吸不到空氣，更沒有機會把頭抵在阿公的肚子上，但我改成靠在他的肩膀上，他一直是我人生最強大的後盾和依靠。

我，想阿公了。

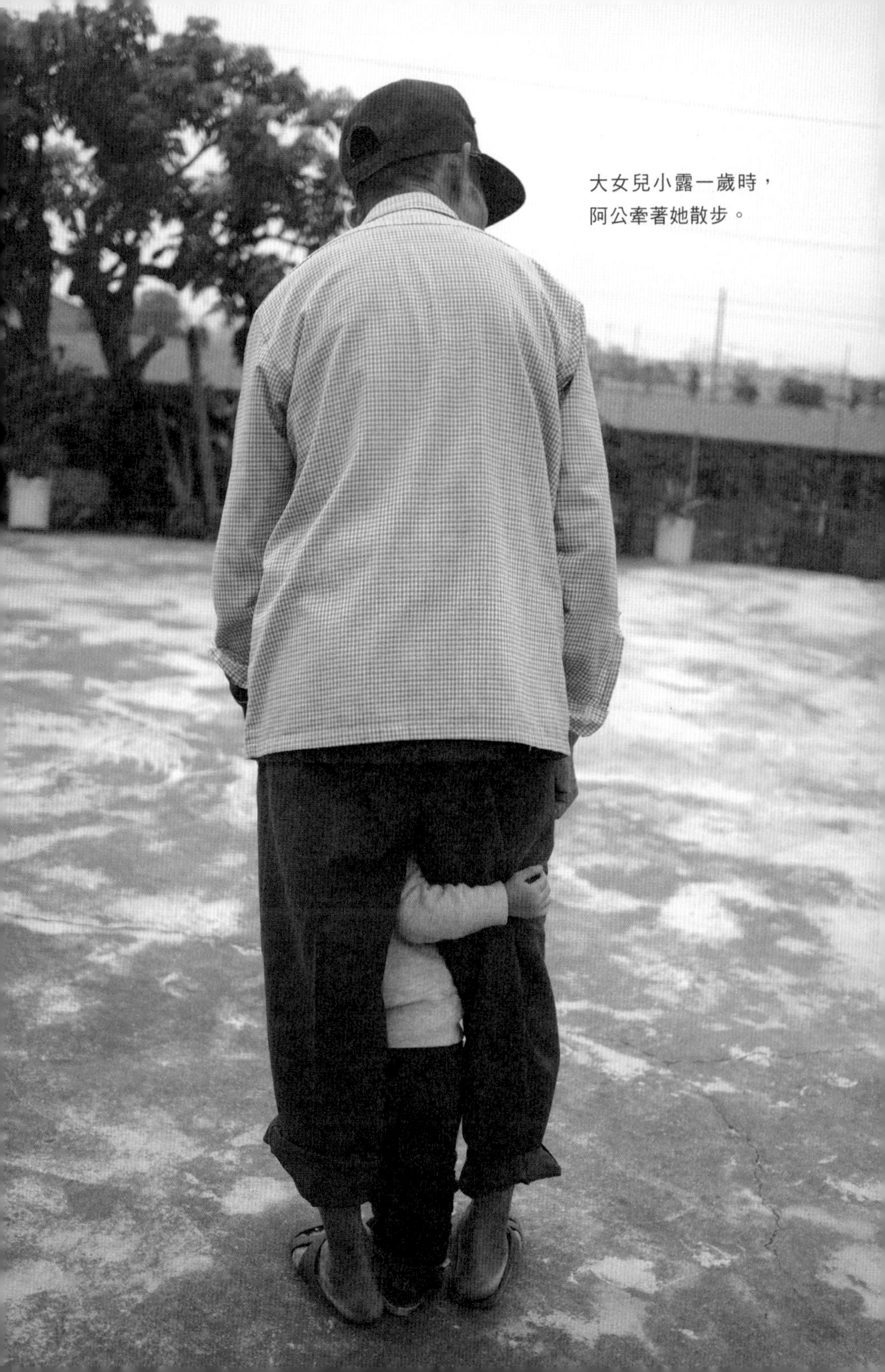

大女兒小露一歲時，
阿公牽著她散步。

後記

阿嬤有陣子生病，家裡很常出現活生生的泥鰍，用泥鰍來補鐵、補蛋白質，但我生完第一胎是女兒時，泥鰍又出現了，原來泥鰍也養腎生精，阿嬤希望老公可以喝下泥鰍湯和泥鰍肉，有助於下一胎包生男。

朋友說，生完女兒剛推回病房，婆婆就遞上「包生男中藥帖」，也有朋友連生兩胎兒子，說在婆家橫著走。

長輩們對於「生兒子」還是很執著，總認為媳婦就是要幫夫家生個兒子才能在婆家立足，鄉里鄰居總有很多「包生男」偏方，但如果真的靈驗，就沒這麼多生不完的苦命媳婦了吧！其實，健康的孩子，就是上天賜予最好的禮物。

泥鰍，養腎生精。

平安治百病的神奇太陽水

從鎮上通往阿公阿嬤家村子裡的路，將近三公里都是田野，在一個岔路後左轉，兩旁依然是農田和水溝，然後就會看到阿公家的紅色大門，那個大門從我有印象以來就一直是紅色的，門上掛著一個綠色的信箱。走進門會看到一個很大的院子和兩層樓的建築，房子前面有三階將近三百公分長、每階寬七十公分的樓梯。

花了好幾百字來敘述阿公阿嬤家的環境。

因爲那寬大的階梯是我小學軟爛人生的主角，人家有軟骨頭，我有大理石寬臺階，雖然硬邦邦但是能在上面滾來滾去軟爛，眞是我小學最享受的時光。

每天五點半叫我們起床的不是公雞，是阿嬤那尖銳無比的聲音。她只要一叫起床，我會立刻彈起來著裝準備，如果要說點什麼比喻，阿嬤的聲音就跟兵營班長的哨子聲一般，又有威嚴、又嚴厲、又紀律、又高亢，不遵守紀律的軍人處罰伏地挺身一百下，阿嬤的處罰也不遜色，五分鐘後沒有著裝完成出現在飯廳，阿嬤就會衝到房間帶著掃帚棍子進來揮棒，每次我著裝時，妹妹都還在享受跟周公的約會，等到下一秒阿嬤棍子打下來，才會跳起來立刻清醒。

童話故事裡那些「媽媽溫柔喚醒孩子」根本是謊話！我從小被叫起床就不是這樣，所以故事寫的那些溫柔媽媽、和藹奶奶的故事我根本不相信。

起床著裝完畢後，要趕緊到院子集合。拿掃帚把院子每一處都打掃乾淨，連那個寬大的樓梯也要好好掃，而且打掃樓梯跟院子水泥地的掃帚是要分開的，不然會越掃越髒，有時候我偷懶用同一把掃帚，下一秒那掃帚就會打在我身上，人眞的不能做壞事，我都懷疑阿嬤眼睛跟蒼蠅一樣是複眼，三百六十度都逃不過她法眼，她可能有個志願是軍中班長，所以用軍事化教育訓練我們。

打掃院子的時間大約三十分鐘，緊接著要到河邊打水，把院子裡的花草、菜、藥草全都澆溼。阿嬤眞的很厲害，有沒有澆溼一看就知道，絕對不能偷懶，澆水的最後一個步驟是要去陳年尿桶舀尿和河水稀釋，再澆到土壤中。那是天然尿素肥料營養價值高，但如果在舀的過程不小心濺到身上就會臭整天，濃縮尿液加上陳年，不用靠近都可以聞到那股尿騷味。

做完早上的工作才能進屋吃阿嬤準備的早餐。

從小我就討厭放假、討厭暑假、討厭寒假，因爲我們該打掃的所有事情都不會因爲放假暫停，反而會因爲不用上學更忙。

放假的早晨，我們多了到河邊洗衣服的任務，要騎腳踏車載水桶和前一晚的衣物，到一點五公里外的河邊洗衣。阿嬤家的後院就有一條河流，流過的河水裡會有海草、垃圾或是些被丟棄的雞鴨屍體，我們洗衣服的地方跟後院是同一條河流，只是多了個閘門把垃圾擋住而已。

衣服不能超過八點洗好，這是阿嬤的規定。

「用剛升起的太陽照射的水洗衣服，保平安。」阿嬤常這樣說。

上學的書包、鞋子都要用早晨的太陽水洗，這樣可以念書好、跑步好、身體好，現在回想國小時候的我除了身體好之外、書念不好也跑不好更跳不高，但是當時的我怎麼這麼相信阿嬤的話？不過至少保平安長大的確是事實。

在河邊洗衣服的大多是像《桃太郎》裡的阿婆，老到嘴邊全是紋路沒有牙齒，邊槌打衣服、邊聊天，很少遇到像我家三姐妹年紀這麼小的孩子來洗衣服。有時候冬天衣服太多、太厚，還會有兩、三個阿婆幫忙我們擰乾，那可愛的畫面我到現在都還記憶猶新，完全是不分年齡，團結力量大的最佳典範。

每每洗完衣服，最害怕的是「前功盡棄」，因爲洗完的溼衣服重量加倍，綁在腳踏車後面，如果水桶沒有綁好或是重心不穩，會整個連車和衣服翻到石子路上，撿起來的溼衣服沾滿泥石，就要回頭重新沖洗、擰乾。

回家還要從工具屋拿出我身高三倍的竹竿，架起來後再把溼衣服一件件晾在竹竿上。

「太陽晒過的衣服，保平安。」。

太陽下山前我們就要把衣服統統收起來，沒乾的也要收。

「太陽下山鬼魂會附在衣服上。」阿嬤半威脅的這樣說。

阿嬤家其實有自來水，也有洗衣機，但阿嬤說自來水很珍貴，只要打開水龍頭，流掉的不只是水還有錢，所以非必要水龍頭的水是不能開的。至於那臺嬌貴的洗衣機，它可能是全世界最幸福的洗衣機，又或是它根本不知道自己是洗衣機，因爲根本從來沒有盡過洗衣機的職責。這是某一次里民大會阿公抽到的禮物，送來的那天我跟妹妹開心得不得了，以後再也不用去河邊洗衣服了！

「喔耶！」我們三姐妹歡呼著。

「洗衣機浪費水、浪費電，河邊的水不用錢、太陽晒不用電。」

這臺洗衣機來了十年，我只有在少數下雨的冬天看過它脫水，其他功能幾乎沒有用過。

夏天我們不開熱水器和水龍頭洗澡，阿嬤的邏輯是：「熱水器要電、自來水要錢，每個人洗澡都要花掉很多錢，天然的最好。」

早上阿公會打很多水放在院子，晒到四、五點左右，那些水就是我們的洗澡水，阿嬤說那是太陽水（明明就是河水），用太陽水洗澡保平安，所以我們一輩子都會平平安安。

被冠上「平安」兩字後，那神奇的河水好像就多了太陽神的加持，我一度以爲阿嬤是太陽神派來的子弟，到處宣揚太陽神的神奇功力。

我們用太陽水洗頭、洗澡，太陽下山前在院子臺階上躺著把頭髮「晒」乾。

萊西是家裡的狗，阿公阿媽都講臺語，我也不知道爲什麼狗會取個英文名字，牠也是受到太陽水眷顧的狗狗，我們每週都要進行洗澡、除蝨任務，在正午幫萊西做全身服務。

我們先把水桶裝滿水，加洗衣粉進去攪拌攪拌，然後用杓子舀起水，淋在萊西身上。有時候洗衣粉沒有融化，就會有一粒粒藍白相間的粉粒在萊西毛上，接著會用一種十元一個，通常是紅色或是綠色的橢圓刷，握在手上刷萊西的身體，起泡後就可以帶到河邊讓萊西跳到水裡把身體泡乾淨。

等萊西上岸把身體抖乾後，我會把牠帶到院子的水泥地上，繼續晒乾身體之外還要除蝨。萊西身上有非常多壁蝨，壁蝨大概只有〇．二公分大小，樣子灰灰圓圓，有八隻腳，寄生在狗身上吸血，吸飽血的時候會很鼓、很胖，狗的身上、耳朵、腳趾縫都可能有，我可以花四、五個小時在牠身上翻來翻去。

發現壁蝨之後，要用食指跟大拇指把牠捏起來，放在地上再用大拇指的指甲反壓壁蝨，這時會像水球一樣噴出一攤血，我很享受壓爆壁蝨的過程，「噗嗤、噗嗤！」直到萊西身上再也找不到任何一隻蝨子，水泥地上全是一點一點的血漬我才會罷休，不過這些壁蝨不過一週就又會滿血復活，因爲在鄉間奔跑的狗很容易長滿壁蝨，這些生命力強大的壁蝨用藥都沒用，只有人工一隻隻清除，狗才不會癢到在地板上打滾。

「阿嬤，太陽水不是有保平安，怎麼狗身上的壁蝨還是會一直長？」

「別問這麼多，小孩子不懂啦！」阿嬤老是用小孩不懂來終結我們的所有問題。

我妹從我有印象以來，人中老是掛著兩條又濃又黃偶爾帶青的鼻涕，阿嬤每個月都會帶妹妹搭遊覽車去山上，一群人三跪九叩一路上山，下山後每個人都會帶回幾瓶用寶特瓶裝的水。阿嬤說求回來的水不管放多久都不會臭，讓妹妹每天晚上睡前，捧著裝寶特瓶水的碗，對著天空唸一串話，最後把水喝下去，再用碗底的水抹鼻子。

「阿嬤，爲什麼要喝那個水？」

「別問這麼多，小孩子不懂啦！」

「阿嬤，我老師說沒有流動的水會臭，瓶子裡的水會臭掉。」

「小孩子不懂啦！老師也跟著不懂！」

阿嬤的道理就是有拜、有求、有保佑，上人說不會臭就是不會臭，管他什麼老師說。妹妹每個月都被帶去山上、每晚都捧著碗對上天祈求，持續了好多年，最後鼻竇炎是在醫院開刀治療好的。

阿嬤有很強的信念，她認定太陽水保平安就會開始說服周圍的人，她說山上的水不會臭就讓妹妹天天喝。後來我自己創業後讀了很多創業大老闆的書籍，他們都說**產品要賣得好，就是要貼近人性；商品要大賣，靠的是鐵粉和樁腳**。阿嬤就是一個活生生的例子，太陽水保平安就是貼近人性敬天畏神的心理，自己也變成了山上神水的樁腳鐵粉，不停推廣神水不臭的好處。原來阿嬤也是行銷達人，我的行銷觀念說不定從小就被潛移默化、根深蒂固，所以我也可以輕鬆圈進我想要圈的人。

「只要相信，就會存在。」這是阿嬤教給我的信念。

聖誕節是我覺得最幸福的節日，小時候的我沒有禮物、沒有儀式感，更沒有聖誕老公公的傳說，是我當了媽媽後才開始相信聖誕老公公的存在，有一年我特地飛到芬蘭聖誕老公公的家，和他拍了一張合照，那張合照讓我數十年來可以很囂張說聖誕老公公眞的存在，女兒們的同學老說世上沒有聖誕老公公，但有這樣的合照勝過一切言語。

聖誕節的幸福感是由家人彼此付出建立的，不管是準備禮物還是準備茶點，是個能擁有期待感的節日，相信日後她們也會繼續傳遞這份愛給她們所愛的人。

因爲阿嬤說過：只要相信，就會存在。

後記

「我家門前有小河，後面有山坡～」這完全就是我小時候的生活寫照，這條貫穿阿公家前後院的小河，很長很長，多年來我也從不知道它的源頭來自哪？又到哪結束？臺北的同學聽到都會非常羨慕，門前有小河在他們想像中該是件浪漫的事吧！

這條河流清澈的時候我們會在河邊洗衣服，但有時河流會有濃濃的農藥味，也有時候會有動物的屍體漂過。

有天我上學時，河上飄著一個麻布袋，袋子裡發出呱呱呱呱聲響，我停下腳踏車從路邊撿起一支竹竿，把袋子撈到岸邊打開後，發現裡面有一大群黃色小鴨，牠們被嚇到在袋子裡亂竄狂叫。我把麻布袋帶回家，想把小鴨子放到阿嬤後院的雞圈裡，阿嬤說這些鴨子應該是吃到有毒的菜所以才被主人集體丟到河裡，可能過兩天就會全部死光，要我趕緊再把牠們放回河裡去。我難過的提著麻布袋，實在不忍心把一群小鴨再次丟到河中，於是騎了很遠的路，找到一片竹筍園把牠們全都放生到那邊，有吃的又陰涼，如果過兩天眞的毒發身亡，還可以爲竹筍施肥。

這是當時還小的我能做的，也唯一想到可以做的。

小時候我好討厭這一片院子，超級討厭。

除了下雨之外，我每天都要清掃這片院子，阿嬤的潔癖就連邊邊角角都要清潔得非常乾淨，不管我怎麼掃，阿嬤總能找到我沒清乾淨的區域。

阿嬤對於任何事情都非常仔細和堅持，不管冬天多冷、夏天多熱，該做的事情就是要做完。想想我現在對於想做的事情堅持的態度就跟阿嬤當初對待我們掃院子的態度是一樣的，每天做才能越做越好，每一個角落都要檢查到，才不會因為小事疏失讓事件擴大。

回想起阿嬤當時很多的生活事件，都是在教我堅持和細心，每件事情的角落最容易被忽略，所以她專挑角落毛病來提醒我要細心，對任何事情的小地方都不能馬虎。

每年過年我們都要為生鏽的鐵門重新漆上大紅色，生鏽的郵筒重新塗上綠色，郵筒上永遠有阿公用麥克筆寫上的47，那是阿公家的門牌號碼，也是我永遠忘不了的數字。

47

長生不老的食物

阿嬤冷凍庫裡的食物都是長生不老、永生不壞的。冷凍裡有多年的年糕、芋頭糕、過年拜拜的全雞、水煮五花肉、煎魚，還有鹹魚……冷凍庫裡翻出什麼都不意外，只要冰到冷凍就永遠都能吃，沒有過期問題。

每次打開冷凍庫都有一種奇特的味道，是把所有東西混在一起再加上冰凍很久的冰味，那個味道到現在成年很久都還忘不了。打開冷凍庫必須要很小心，因爲裡面一袋袋的塑膠袋塞得很結實、很滿，阿嬤每次拿一樣東西都要把一袋袋食物統統翻出來，找到要的再一袋袋堆放回去。我們不能隨意開冰箱，阿嬤說那是浪費電的行爲，所以都是阿嬤打開後，我們幫忙頂著掉出來的東西。

冷凍庫有空的時候嗎？

有，我上了國中回臺北之後，終於知道阿嬤的冷凍庫也有清空的時候，每當我們回阿嬤家要回臺北時，阿嬤會把冷凍庫所有的袋狀食物統統翻出來打包，讓我們帶回臺北。不帶走阿嬤會說浪費，有得吃為什麼不節儉一點吃掉？帶走我們也覺得很恐怖，那些拜過的雞鴨魚肉都已經凍了半年以上，再加熱也不好吃。

我媽後來也學聰明了，阿嬤翻出什麼她全都接受，放在後車廂四小時後回到臺北，正好可以過濾一下把真的冰太久有味道的食物丟掉，至少不是在阿嬤眼前處理掉，**接受了阿嬤的心意，也順道幫忙清空她的冰箱**。

媽媽的冰箱也很精采，小時候我常看她神祕的從冷凍庫拿出一瓶乳黃色的廣口瓶，每次都用湯匙舀一勺放到嘴裡，然後她講話嘴裡就會發出超級臭的腥味，我問她怎麼可以吞得下去那麼臭的東西？她說那是蜂王漿，吃了可以永保青春皮膚會好。

我媽的確到了六十五歲皮膚都還很緊繃，但我實在不確定功勞是否真來自於那一瓶凍了好多年的蜂王漿，反正保存期限對我媽來說只是參考，過期也沒關係的。

上了年紀後，她的冰箱更精采得和阿嬤的冰箱不相上下，過期很久的辣椒醬、飲料，冰了幾個月的麵包、蛋糕，冷凍庫一袋袋堆得結實的塑膠袋包著不知道是什麼的東西，每次打開冷凍門總是會掉出來幾袋。說也奇怪，每一個塑膠袋冷凍起來都一樣，媽媽跟阿嬤都有同樣的特長，不用開袋子就可以知道裡面冰了什麼、誰送的，這種神乎奇技的特異功能實在令我佩服。

阿嬤家的冰箱不能隨意開，要請示過阿嬤才能打開。

我家的冰箱也不能隨便開，必須跟我媽拿了鑰匙才能打開。

我家有五個孩子，我媽非常討厭我們輪流開冰箱，但是小孩就是愛把開冰箱當樂趣，時不時就把冰箱打開當冷氣吹，後來她氣到去買了一條很粗的鐵鍊和大鎖，直接把冰箱鏈起來上鎖。冰箱一天只開兩次，中午、晚上各一次，只有媽媽有開冰箱的權力，如果她外出也會把冰箱鑰匙帶出去，一直到我十歲左右她才開放冰箱權力，但我們也回阿嬤家進入另一個冰箱監控的環境了。

對於冰箱擁有讓食物長生不老功能的觀念，我也完全複製了。

我的觀念裡也是覺得所有東西冰到冷凍庫和冰箱裡都不會壞掉，冰箱常常塞滿各式各樣的保鮮盒。最多的是一週的剩飯、用剩的薑、辣椒、外食打包的食物……因爲保鮮盒不透明，所以我就越堆越多，通常都是冰箱冰不下才會甘願把每一盒打開檢查。

開盒的瞬間也是驚喜不斷，有發霉長毛的薑，也有變成綠色的黴菌飯，我的冰箱根本是大型細菌培養皿，冰箱深處可以翻出新鮮檸檬變成的檸檬乾，還有很多切塊的紅蘿蔔、薑、蒜頭、辣椒等等，散落在冰箱各處都已經縮成很小塊，也不知道冰了多久。

小梨曾經在整理冰箱時找出過期四年的辣椒，放了六年的饅頭，從她幼兒園放到小學高年級，她也很疑惑我怎麼可以把這些過期的東西一直放在冰箱。

「我捨不得丟，要是阿嬤在，一定說這還可以吃。」

阿嬤剛結婚的時候常常吃不飽，三個孩子輪流喝米湯，她老是說自己吃飽，但根本連剛生完孩子都沒有奶水可以給孩子喝，跟電視劇裡演的刻苦媽媽一樣，所以阿嬤非常節儉，發霉的菜可以挑掉黴菌炒熟就可以吃，在樹上爛一半的楊桃、芭樂，切掉爛掉的地方就能吃，被小鳥啃過的更是不能丟，阿嬤說小鳥是天生的美食家，專門挑甜的果子吃，被鳥啃過的水果都會特別甜。我從小就是先吃爛掉的果子，反正好的能放。

阿嬤這樣、媽媽這樣，我看著她們的行爲模式長大，我也這樣。結婚後老公對我這樣的行徑感到困惑。

「妳爲什麼要先吃爛掉的水果？」

「因爲它快壞掉了，要趕緊吃掉。」

「妳先吃掉爛的，好的水果就又放到爛，那不就永遠都在吃爛水果。」

眞是當頭棒喝，我怎麼從來沒有想過從好的水果先吃，永遠都是在吃快爛掉的水果呢？

原生家庭給了我們什麼樣的框架，我們就是在這框架裡遵守著長大，又沿襲這樣教育我們的下一代。老公家裡經濟比較好，從小家裡就沒什麼爛果子，但我們是務農子弟，菜爛了要自己消化、水果爛了自己吃，完整的要賣人或是送人，能吃得上一顆完整的楊桃、芭樂，都是件多麼奢侈的事。

女兒都是看著媽媽的背影長大，兒子又何嘗不是，很多我們不想要的框架卻在無形中也幫自己的下一代畫了一個無形的框框。

有個朋友爲了青春期的孩子拒絕溝通而傷心，他不要求孩子成績好但是起碼要對學業負責。

「你小時候爸媽最常跟你說什麼？」

「好好讀書。」

「你喜歡爸媽這樣跟你說嗎？」

「很討厭，每次他們說我就想要反抗。」

「但你卻對孩子也有這樣的要求是嗎？」

他想了想，「我好像明白爲什麼孩子會拒絕溝通了。」

我們常把自己小時候被爸媽期望卻抗拒或是做不到的事，默默的也投注在自己的孩子身上。

孩子有時候對我們說的話都不是嘴裡和行爲上的事，而是更深層的問題，如果我們只看到表面問題就急著想要解決問題，老是在提供解決方案，孩子久了自然懶得溝通，因爲我們沒有「同理」他。

我也還在學習當媽媽，每個階段的孩子都有不同的煩惱，我也還在練習不要解決問題，試著多聆聽，彼此關係會更加融洽。至少我從未教孩子們從爛果子先吃，我想我進步了，從阿嬤和媽媽的框架中跳脫了。

後記

小時候每到夏天，椰子水就是最好的消暑飲料，院子裡的椰子樹每年都盛產，阿公會在樹上綁一條繩子，腰上也綁一條，再用一條短繩連結樹和自己，然後手腳併用一路往上爬，我就站在底下抬頭看著阿公俐落的像猴子般一路往上爬。抵達樹頂後用鐮刀把椰子一顆顆割下，我就在樹下等著椰子掉下來，有些椰子掉下來的位置不對就會裂開，椰子水瞬間爆噴出來，我跟妹妹就會趕緊把椰子撿起來把嘴湊到裂縫，那是最新鮮的椰子水。

後來阿公年紀大了，椰子樹更高了也沒有力氣爬上去，他把兩根竹竿綁在一起，竹竿最頂端再綁上鐮刀，就這樣慢慢割下樹上的椰子，雖然要花比較久的時間，但我們還是喝得到新鮮的椰子汁，我阿公真的超級聰明！

我從小就都是喝現採的椰子汁，所以很會削整顆椰子，把硬皮削到適當的程度，再用刀尖「啵」的一聲敲開椰子，就有新鮮的椰子汁可以喝了。

我從小就以為自己深愛椰子汁，但自從阿公再也沒辦法採椰子，我就對椰子汁不感興趣，再也沒喝過椰子汁。

原來我深愛的是「阿公採的椰子」，不是椰子。

阿公家院子裡的椰子樹應該有四十歲，後來因為長太高，樹上的椰子再也採不到才砍掉。

阿公很會種菜，不管什麼菜都能種到長成巨型。但好菜能賣到好價錢，壞菜就會吃不盡。

田裡種什麼菜，我們餐桌上就會天天出現那道菜，如果阿公種花椰菜，採收的時候就會分等級，A級價格最好、B級中等，有些賣相眞的超差或是蟲咬嚴重的，我們就只能自己留下來吃。

但就算每天吃也吃不了這麼多，阿嬤很厲害，不管什麼菜她都可以變成保存很久的食材。

花椰菜、高麗菜如果過多吃不完，她會切成小塊然後燙一下，就放在院子晒太陽。天天晒，晒到這些菜脫水變成咖啡色的菜乾後，就放到罐子裡收藏，要吃的時候再拿出來煮，花椰菜乾、高麗菜乾，不管煮菜煮飯都很好吃，這也是我阿嬤的手路菜之一。

我最討厭芥菜，因爲我們的村落是有名的酸菜故鄉，全村子的人會醃芥菜，醃好就變成酸菜，但它本身的味道我很討厭，一到芥菜季節，阿嬤就會天天煮芥菜湯、把醃芥菜晒成乾或是醃粗鹽，早上吃稀飯就會配鹹芥菜。

「吃不完就晒乾，晒乾後就會千年不壞。」阿嬤的至理名言。

阿嬤連龍眼都可以這樣處理，院子的龍眼樹滿滿果實，她每年都會晒龍眼乾，不管泡茶、煮甜粥都很好用，以前多到不懂得珍惜，現在阿嬤走了，我再也沒吃過用太陽晒成乾的食物了。

阿公阿嬤很會種東西，不管什麼植物都可以種活，絲瓜的位置本來是一棵芭樂樹，從我小時候吃到三十歲，後來芭樂樹真的太老才改種絲瓜，默默的絲瓜長成巨無霸，只好晒乾當菜瓜布。

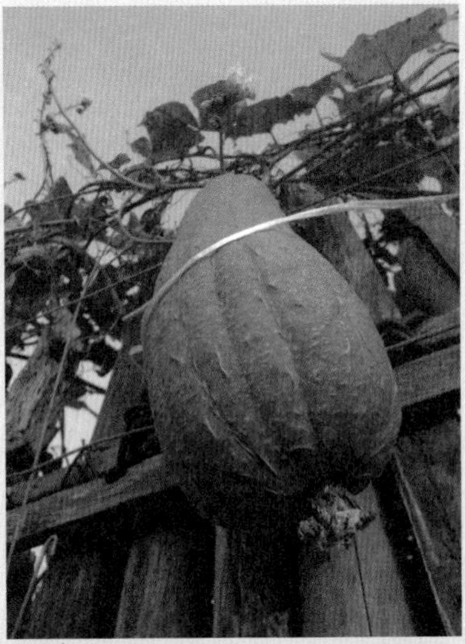

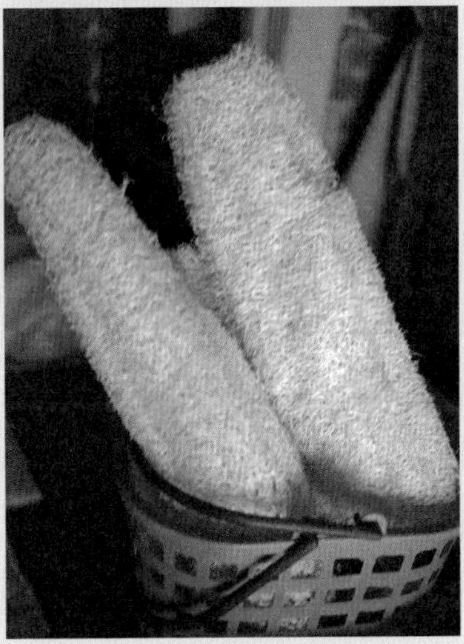

我們家都用絲瓜布洗碗、洗澡，這些都是阿嬤自己種出來的，回到臺北就再也沒看過這麼大條的絲瓜布。

阿嬤的神草花園

阿嬤的花園裡有花、有菜，還有一堆草，那堆草長得亂七八糟，有些還參雜著小花、蒲公英等，有次我想試試看新鐮刀的利度，就拿刀把院子裡的那堆草全部除掉，後來被阿嬤毒打了一頓，就再也不敢擅自去動那些草。她寶貝到有陣子我都在想，那些草到了晚上是不是會變成靈芝草人跟阿嬤講話，阿嬤其實是浴火鳳凰真身，晚上就變身到處飛。難怪我小時候被打得那麼慘，老是想這些有的沒的，調皮搗蛋想到什麼做了再說。

不論家人或是親朋好友有什麼症狀，阿嬤都可以在那看起來像雜草叢生的神草花園找到藥方，常看阿嬤聽完症狀就去花園裡東摘西拔，剁一剁、搥一搥，拿去熬煮，煮了一、兩個小時後，一碗黑黑的湯藥喝下去，藥到病除。我不知道是不是因爲這樣，阿嬤不看醫生、阿公不看醫生，就連我媽也不看醫生。阿嬤從小就跟我們說醫生是騙錢的不能隨便去看，沒病看了有病，有病看了小病變大病，醫生就是靠這賺錢。

有天阿公從田裡回來開始低溫發燒，到了隔天頭痛、發燒都來，說是腰間長了「皮蛇」，小時候在鄉下聽到「皮蛇」就現在聽到嚴重傳染病一樣，會非常緊張，因爲老人家都說那是神明給的懲罰。「皮蛇」長在腰部，慢慢的、一點一點圍成一圈，等圈成一圈後就會越來越緊、越來越緊，最後人就會被勒死。皮蛇也會長在脖子跟眼睛，不管長在哪，結局都是越來越緊然後被勒死。

阿公腰上那條皮蛇長五公分左右，阿嬤就每天在神草花園摘草藥，放在一顆大石頭上，用另外一顆小石頭磨碎，磨成泥後放在手帕敷在阿公的腰部，我覺得阿公跟阿嬤根本是楊過和小龍女，這種磨藥、敷藥的劇情我在當時的歌仔戲裡看過很多次，沒想到眞實世界也是這樣。

電視劇裡還有男主角中毒，女主角用嘴把毒吸出來的感人劇情，我阿嬤也是這樣的！有時候藥草的纖維太粗，阿嬤會先用嘴巴咀嚼，把纖維都咬斷以後，吐出來後再敷到阿公傷口，我想真愛不過就是這樣了！

阿公腰間的皮蛇並沒有因爲每天磨藥、敷藥而好轉，反而從五公分變成十五公分，越來越長了，又隔了一週，那條皮蛇已經繞了阿公三分之二的腰。

「怎麼辦？怎麼辦？阿公就要被皮蛇繞一圈，勒死了。」那時候我真的很害怕。

顯然阿嬤的神草花園配藥失效，應該要去看醫生了吧？

阿嬤命我帶上一件阿公的內衣，陪著阿公到村子裡的宮廟去。我跟阿公先坐在神壇旁邊的椅子上，等乩童起乩後拿著三柱香在阿公面前揮來揮去，嘴裡唸唸有詞，接著用香直接點在阿公腰間的皮蛇頭跟尾，當香離開阿公的皮膚，我看到燙傷的傷口，廟公卻說斬皮蛇已經完成，牠不會繼續長了。接著拿出寫著紅字的黃色符，讓我們帶回家每天晚上搭配米一起喝下去，過幾天就會好了。

那幾天，阿公每天晚上要對著天空祈求然後將符咒燒掉，泡到一碗浸有幾粒米的水裡，喝掉大部分的符水後，用剩下的符水抹臉、抹手、抹皮蛇和那個被香燙傷的傷口，還要穿上那件一起帶去神壇的內衣，我看阿公那條皮蛇的傷口又紅、又綠、又腫，紅色是原本的皮蛇顏色和被香燙傷的粉紅色，綠色是阿嬤神草花園的藥草敷的，折磨了幾週傷口都腫了。

我們一共去了神壇三次，約莫三週，阿公的皮蛇漸漸變淡，變好了。

當時眞的很無知，以爲是孫悟空的金箍咒嗎？還圈成一圈緊到勒死，根本是嚇死自己。其實那就是帶狀性皰疹，很好醫治，但當時被灌輸的想法就是神明處罰，一定要去祭改、收驚，才可以得到救贖，才能痊癒。

收驚在我十二歲前的人生很重要，大小感冒都要去收驚。

「妳就是嚇到，才會肚子痛。」

「妳就是嚇到，才會咳嗽感冒。」

「妳就是嚇到，才會睡不好。」

小時候只要任何身體不適在神草花園找不到治癒配方，阿嬤就會先帶衣服去廟裡收驚，再把從廟裡帶回來的符咒每天早晚燒掉搭配水和米一起喝下，多餘的手臉抹一抹，頭痛抹頭、肚子痛抹肚子、喉嚨痛抹喉嚨，總之哪裡痛抹哪裡，三天後就符到病除。

聊起這段故事，我身邊大部分朋友都沒有祭改和收驚的經驗，更對於阿嬤的花園感到不可置信，我才發現原來我的童年這麼特別？

符水正式走出我的生命是在阿嬤過世之後。她對於符水的執念一直到她生重病，醫生開了藥她也堅持要搭配符水喝，哪裡痛抹哪裡，這當然行不通，但人生走到最後一哩路，不忍阻止她想做的，有時候心裡那劑符水強心針，比任何仙丹都還要強。

阿嬤把對人生的平安祈求寄託在花園裡藥草與符水，只相信自己的決定與人生經驗，即使有專業背景的人來告訴她，她也只相信自己的經驗。「我吃過的鹽，比妳走過的路還要多。」總是說出這些無理取鬧、逃避的話，就連護理師妹妹的建議她也充耳不聞，堅持吃藥配符水，不然就乾脆不吃，連哄帶騙帶她去看醫生、哄吃藥，有時候就像是番顛老人真的會讓人很無奈。

老公說阿嬤的年代沒有人教她怎麼做事、如何生活，只知道求生存是第一要事，年紀到了就嫁到沒見過的人家裡，開始扶持一家大小，更沒人教她怎麼生孩子、養孩子，全都邊做邊學，所以她也很害怕萬一去看醫生看出更大的問題怎麼辦？

我瞬間明白，**原來阿嬤拒絕看醫生不是怕浪費錢，而是怕自己檢查出更大的問題，讓家人受累**，所以她寧可在神草花園吃自己的配方保養身體，也不願意到醫院去檢查。

阿嬤生命最後三個月的醫療續命，讓她過得很辛苦。阿公成爲植物人八年，躺在床上什麼事也不能做，每天被灌食、偶爾被洗澡，不知有沒有意識的躺著。奶奶高齡失智，原本八十幾歲的她一個人在鄉下還可以到田裡打零工，身體健康。某天突然忘了說過的話、忘了吃飯，只記得回家的路，最後接到臺北後沒幾年也走了。

所以若是問我最害怕什麼，那就是：「不健康」。長輩過世前經歷的這些醫療續命、灌食、失智，常像電影精華版一樣，不斷在我腦海播放。

年老的白髮夫妻還能牽手散步、還能記得彼此、不怨懟的生活，是我最嚮往的事。越害怕的事，就是你最在意的事、想要努力抓住的事。

我很討厭運動，但我知道運動是最好的醫生，所以即使討厭重訓、討厭瑜伽，還是持續很多年堅持每週運動，原本以爲只是我的毅力好，但後來發現，原來我內心深處有多害怕「不健康」，驅使我這樣認眞的做討厭的運動。

如果再來一次我會好好問阿嬤：「阿嬤，妳最害怕的是什麼？」
或許她在意的是不忍心讓家人擔心。
或許她在意的是要讓年邁的阿公騎一個小時的機車帶她回診。
或許她在意的是看不到曾孫滿堂。
但這是我永遠也問不到答案的問題。

阿嬤和小露的背影。她們正在檢視神草花園，阿嬤會捏下她的神草葉子放到小露嘴裡，跟她說嚼一嚼身體就會健康，她就是這樣保健自己的身體。

阿公收集整理著採集的藥草，我跟著。

從小我就很喜歡跟著阿公到處走，他做什麼我就跟在旁邊，蓋房子我就遞磚頭、灑農藥我就遞茶水、賣菜我就去叫賣，我享受和阿公在一起的感覺。一直到我當媽媽，都還是很享受黏著他。

阿嬤的神草花園裡的藥草沒有一樣我看得懂的。很多親戚、鄰居都會來要很難種得起來的藥草，阿嬤就像是神農氏一樣，她不識字但是卻可以記住很多藥草和搭配的症狀，阿公就會主動去採集。這就是阿公老派疼惜阿嬤的方式。

陳年尿桶營養價值高

小時候我住的地方是一棟兩層樓建築的房子，房子左側有個大約十五坪的工具房，工具房長長一條沒有隔間、沒有門，最右邊是一個大灶，中間停放鐵牛車和一些耕作工具，最左邊是一個尿桶和一間蹲式單人廁所，每次進到工具房，左側就會有濃濃的屎尿味傳出。

小時候我就是尿在木製的尿桶裡，還小的時候阿嬤抱著在尿桶上方噓尿，八歲之後就是自己坐在木桶邊邊尿。那桶子大到可以讓十歲左右的我泡澡都還有空間，所以每次要上廁所我都會很緊張，坐太邊邊就會尿到外面，坐太裡面又擔心整個人跌到尿桶裡，有時候尿得太急，桶子裡的尿還會濺起來噴到屁股。尿桶永遠沒有空的時候，那些尿都是施肥最佳尿素，而且整桶黃澄澄的尿很濃、很濃。

日後求學過程裡，每次和同學提起尿桶，他們總是帶著驚訝不可置信的眼神看著我，但眞正精采的並不是尿桶，而是那個單人間的蹲式廁所。

我從小就覺得那個單人間很神祕，當時以爲村莊裡家家戶戶的廁所都是這樣。一扇木門打開後四周都是水泥牆，地上只有一個蹲式馬桶，沒有電燈、沒有垃圾桶、沒有沖水箱，那個蹲式馬桶只是一個樣子，下面直接是一個大洞，剛清乾淨的時候還可以聽到糞便噗通一聲掉落在最深處的聲音，如果大便完很快聽到落地聲音就知道底下的空間快要滿了，有時候還會滿到直接看見糞便。

小時候在廁所的玩伴是一條條白色肥胖的蟲，還有很多的白斑蛾蚋。蹲在沒有燈的廁所裡，只有頭頂上透出微亮的太陽光，讓泥灰色的地板上那一條條白胖的小蟲顯得更顯眼。我努力蹲廁所，牠們也很努力的在我腳邊蠕動，我不知道牠們要去哪，總覺得牠們是吃大便長大的，才會營養到每隻都這麼肥胖，進廁所前我會去撿一支樹枝，用樹葉或是樹枝逗弄這些胖蟲，挺療癒的。

一直到現在那間廁所還是沒有燈、還是一個洞通到底、還是滿地的白肥蟲，不同的是，長大後的我不敢進去上了。

阿公家的狗每天下午五點都會出去放風，鐵籠門一開，牠們獲得自由立刻飛衝出去，然後大約一小時候回來，我們從不知道狗兒們去哪放風，只知道有時候狗除了出去放風之外，還會做些其他的事，像是母狗肚子隔一陣子就會大起來。我們的狗哪有結紮、看醫生這種事，某天睡醒籠子裡有狗寶寶，我們才知道原來大狗懷孕了。小時候真的常常這樣，一覺醒來籠子裡就會多一些狗寶寶，我跟妹妹常要幫不同花色的狗寶寶取名字。

我妹有隻狗叫「小花」，在狗寶寶時期也不知道怎麼從狗籠跑出來，隔天早上一直找不到牠，直到去上廁所才發現小花掉到屎洞裡，在屎堆掙扎了整

使用超過四十年以上的尿桶，一直到阿嬤過世才退役。
「尿桶有這麼小嗎？」小時候坐在尿桶邊都很害怕跌下去，長大了，以前看起來很大的尿桶原來一點都不大。

晚。阿公費了很大的力氣才把牠撈起來，洗了很久渾身都還是屎。那陣子我都叫小花爲小屎，因爲牠眞的太臭了。可能因爲年紀小又不知道掉到屎洞裡多久，小屎沒多久就當天使了。

沖水馬桶在我小時候是很神聖的，安置在房子最深處的一間浴室裡，阿嬤認爲馬桶是吃水怪獸，每沖水一次就會沖掉很多錢，所以平時我們上廁所都必須要到房子外的工具房，馬桶只有客人可以用，一年大概用不到十次，另一方面是阿嬤有蒐集尿的習慣，她覺得尿素很營養，用來澆菜可以讓菜生長得更好。

當時阿公、阿嬤，還有我跟兩個妹妹，一家五口的尿全都蒐集在尿桶裡面，那尿桶如我前面所描述，永遠沒有見底的時候，我也不知道最下面的尿到底是多久以前存下的，就像滷汁一樣，是陳年的滷底，最底下還有尿素結晶。

阿嬤規定要用十倍水的比例稀釋尿液，當年我才十歲，每天要拿一個水桶去河邊舀一桶水，再扛到尿桶邊，舀一杓尿加入水桶混和河水，接著扛到院子裡澆菜，不要以爲這是一個很簡單的工作，如果沒有混到完美比例就慘了！

我眞的很討厭扛水、混尿、澆菜，每次上學前都會把身上搞得很臭。有次我實在太生氣，故意改用5：5比例，拿那桶比平常臭五倍的精華去澆菜，而且超有種的沒有聽從阿嬤的澆菜SOP，懶得彎腰就直接從菜葉上淋下去，澆完一整排菜之後就去上學，反正阿嬤看到溼溼的就知道我有澆過，完成早上的任務。

那天放學回家後，等著我的是棍子SOP，阿嬤不會告訴你犯了什麼錯，她會先用高分貝的聲音大罵，例如連猴子都不如、不情願就不要做、要妳分擔一點事情就鬧脾氣。講一堆就是不會說妳到底做錯什麼，接著棍子就會抽打下來，打完後要我去罰跪，在哪裡出錯就跪在哪裡反省。

阿嬤喜歡用掃帚的細竹子打人，一揮下去皮開肉綻，血就會從那細縫冒出來，變成一條一條的紅線，我的小腿被抽到一陣一陣刺痛，跪在早上澆菜的菜圃前，眼淚模糊到我根本看不清楚，等哭完了我才仔細看清楚自己到底犯了什麼錯。

早上我精心調配的高濃度尿液水，搭配懶得彎腰直接從菜葉淋下去的帥氣澆菜法，讓菜葉經過高濃度尿酸浸泡和整日太陽照射，全都爛了，想救都救不回來，只能全部拔除。難怪阿嬤會氣到全套罵人、揍人SOP都上場，那天我跪到阿公下工回來才把我拉起來。

人家說節儉是美德，如果套在阿嬤身上，那她根本美若天仙、無人可敵。

抽取式衛生紙剛上市的時候很流行也很新潮，但阿嬤從來不跟流行，她只喜歡用習慣的東西。看同學都會帶抽取式衛生紙到學校讓我好羨慕，家裡永遠只有平板衛生紙。

我盯著同學的抽取式衛生紙，實在是太想要了，於是有天回家後，把一整包平板衛生紙拆開，一張一張的疊折，再放到紙盒裡面，讓它變成偽抽取式衛生紙，放在廁所裡我抽得開心，上完廁所後阿嬤抽我抽得傷心。

她說我不切實際，看人家有什麼就想要有什麼。卻忘了看到我的創意，忘了我不是看到什麼就想要什麼，而是把周圍原有的東西變成我想要的，她沒有看到我的創意。

我那不屈不撓的精神，肯定是被打出來的！

村子裡每年都會舉辦盛大的神明遶境，一村繞過一村，阿公是抬轎的神選之人。扛著轎子的人要有節奏的不斷晃動轎子，體力耗損很大，絕非輕鬆之事，而且接連好幾天的遶境活動，每天早出晚歸要準備的事真的很多。

遶境的那幾天，也是我跟兩個妹妹最期待的事，因為路線經過的家家戶戶門口都會準備很多飲料和餅乾，讓跟在遶境隊伍後的善男信女可以補充體力和解渴，第一次參加遶境，是在不甘願的狀況下被阿嬤安排在隊伍後面，但一發現有飲料可以「免費拿取」，我就開始愛上這個活動。

我會帶著袋子，家家戶戶都拿三瓶，因為我跟兩個妹妹各一瓶，一人一瓶不為過啊。但和其他善男信女不同的是，我家家戶戶都拿三瓶，袋子很快就又滿又重，然後就得揹著很重的飲料，一村繞過一村。

第二次參加遶境我學聰明了，叫我妹騎腳踏車跟著，家家戶戶還是各拿三瓶，收集到一個量就拿給我妹，放在她的腳踏車上，等到腳踏車也放不下就叫她騎回家放好再繼續來載，那次我搬了差不多一百瓶飲料回家，阿嬤回家後看到，免不了又換來一頓打，她說這是貪心，人家是要準備給辛苦遶境的人解渴，不是讓小孩帶回家存著慢慢喝的。

第三次參加遶境，我更聰明了，要說我的聰明是被打出來的實在沒錯。這次一樣家家戶戶拿三瓶，讓我妹騎腳踏車分批運送，但在阿嬤回家前我就先把所有飲料分批藏好，衣櫥、床底都各藏了幾個地方，阿嬤就算發現某一處也不會是全部的量。

每次遶境拿回家的飲料都可以供應我和妹妹們喝上好幾個月，尤其放假的時候，三姐妹躲在房間偷偷把一瓶飲料緊張快速的喝光，包裝還要藏在書包帶到學校丟，那種偷偷摸摸的感覺，很愉快。

阿嬤常跟我說：「不要看到人家有什麼，就想要什麼。」

「需要」跟「想要」要想清楚，不然賺來的錢都會花在欲望上。這也是阿嬤從小一直教導我的觀念，可是出社會賺錢後，那個小時候沒有錢可以自由運用的我，開始冒出強烈的欲望把「想要」統統變成滿足自己的「需要」，導致那幾年負債累累，也積欠很多卡費和循環利息。

每個月的循環利息讓我繳得很辛苦，而且因爲只繳「利息」，本金又再滾出更多利息，我好像又回到小時候，那個無法自由運用金錢的小時候，每一塊錢都要花得很小心、謹愼，直到繳了太多年利息才眞的覺悟，下定決心這輩子再也不要再當卡奴。

「不要看到人家有什麼，就想要什麼。」

阿嬤只教了我一半，在我經歷了這些之後，教給小露、小梨金錢觀時會告訴她們：**「要賺也要會花。」**享受花錢的快感，才會享受賺錢的成就感，所以平時除非是生活必需品，否則想要的東西都是她們自己付費購買。

例如學校規定要毛筆、橡皮擦，那就是「需要的」。如果已經有了，但看到新款式又想買，那就是「想要的」，「想要的」就要自己付費購買，通常提到「自己付費」欲望就會被澆熄一半。又或是想要一整套的彩色筆，但家裡明明已經有，這也是「想要的」，必須自己花錢，如果不想一個人獨資，也可以找人合資。花自己錢的時候就會想到，不是所有想要的都一定要花錢買回家，多想兩秒就會覺得不需要。

我也是四十歲後才眞的學會這個課題，當生活滿足後，「想要」似乎也從我的生活中慢慢離開。經歷童年拮据的生活、還卡債提心吊膽的日子後，我更小心管理每一分錢財。所以在有了小孩之後，想盡各種方法讓她們學習，可以有欲望、可以學習花錢，但前提是要知道每分錢都是得來不易。擁有自己可以控制的「金錢」，可以享受花錢的快感，也能學習讓錢花在「需要」而不是浪費在「想要」的欲望中。

用來舀尿素的杓子，是阿公用牛奶罐釘的。阿公有很多生活創意，找不到就自己做，能自己做就不要買，所以家裡有很多充滿他巧思的工具，我自製的抽取式衛生紙創意或許就是跟阿公學習來的。

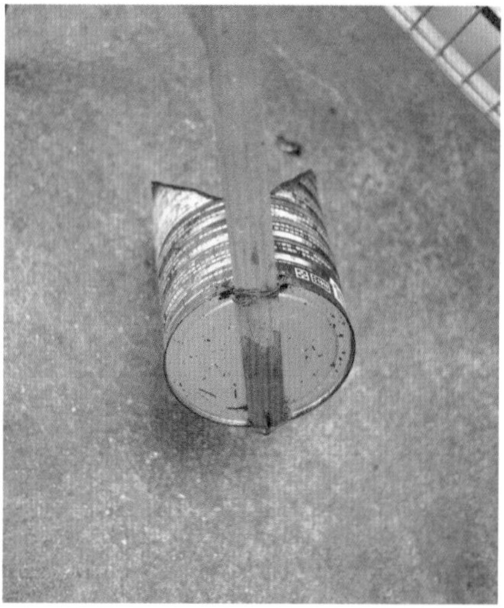

4

愛的面貌很多，
都是愛

那一瓶陳年的好油

小學時我不只是田徑隊，也是合唱團的高音部，美術天分更讓我常常代表學校參加比賽，對這樣文武雙全的自己甚是滿意，怎麼又會跑又會唱，還能畫，眞的是上天賜給我最大的禮物。雖然三十年後我已經跑不快也唱不高，但想起小學練唱、練跑的日子，還是回憶無窮。

各式各樣的比賽是合唱團重要的活動，也是鄉下孩子難得搭遊覽車的大日子，當時搭遊覽車加進城比賽簡直就是至高無上的光榮。合唱團同學們會在一個月前開始準備服裝，比賽前一天都會到村子裡的美容院去把頭髮梳得緊綳，那一整頭的辮子被髮膠噴到在合唱時搖頭晃腦都可以當凶器了，我就曾被旁邊同學的辮子打到臉上疼到幾乎噴淚。但我還是很羨慕那一頭硬到可能要用掉半瓶洗髮精才洗得乾淨的髮膠頭，因爲阿嬤不讓我上美容院。

阿嬤非常非常非常節儉，是我有生以來看過最節儉的人，每一毛錢都錙銖必較，人家都說錢要花在刀口上，但阿嬤的錢是要花在刀尖上，要從她身上用到錢是一件非常不容易的事情。只有要參加婚禮這種日子阿嬤才會花錢上美容院吹頭髮，而且還是先在家把頭髮洗好，只花給人家吹頭髮的錢，阿嬤說：「美容院都是騙錢的。」。

每次合唱團比賽我那隨便紮的馬尾都讓我很尷尬，看到同學每顆頭被髮膠噴得硬邦邦，一絲不苟，而我的雜毛則像蒲公英一樣飄逸，實在令我心情煩悶，只好在比賽時更用力搖頭晃腦，讓自己一把馬尾狂掃左右同學。

有一次全國比賽前一天，我鼓起勇氣跟阿嬤說：「我想去美容院給人家綁頭髮。」

「不行。」

「可是我同學都綁得很漂亮，我這樣毛毛的頭髮很不好看。」

「美容院都是騙錢的。」

阿嬤一口回絕了，那晚我帶著失望睡覺。

隔天清晨，阿嬤把睡夢中的我叫醒，窗外天都還沒亮，時鐘上顯示四點鐘，我很納悶為什麼那麼早叫我，卻不敢問。阿嬤叫我坐到客廳的板凳上，然後拿出梳子跟一瓶大約七百毫升黑黑的油，開始幫我梳頭。

她先用那瓶油把我整顆頭抹了一遍。

「阿嬤，這什麼？好臭。」

「死囡仔，哪有臭味？」

我怕阿嬤生氣，只好閉上嘴，但接下來迎接我的是整個頭皮的疼痛。抹上油後，阿嬤開始用扁梳狂梳我的頭皮，不允許有一根翹起來的頭髮，再用燒金紙留下來的橡皮筋，把我的頭髮紮到感覺眼皮都上吊了，整顆頭痛得不得了，好緊繃，但我不敢說。

接著阿嬤又開始往紮好的馬尾上抹油。

「阿嬤，這個眞的好臭，是什麼？」

「死囡仔，哪有味道？」

我又再度閉上嘴，幻想那個臭味可能只有我自己聞得到。

我一邊打哈欠一邊迎接日出，時鐘指向六點鐘，阿嬤終於放過我的頭皮。

「綁好了。」

瞄了一眼阿嬤準備的油，少了大半瓶，應該都是在我頭上，我整個人就像是用油洗頭一樣，頭油到可以反光，而且沒有一根頭髮翹出來，阿嬤把我的馬尾綁了數十條小辮子，每一條都像是反光帶一樣亮晶晶的。看著我那一頭跟同學一樣光滑的髮型，我好開心，那天早上，我就這樣帶著愉悅的心情去參加全國合唱團比賽。

「阿嬤果然還是愛我的，雖然不讓我上美容院，但是她四點起床幫我綁頭髮。」

我心裡開心得不得了，雖然隱約聞到頭上那股油耗味，但既然阿嬤說沒味道，那應該眞的只是我的心理作用。

那顆油頭即使騎著腳踏車迎著風一路到學校，卻還眞的一根都沒有翹起來，非常完美。只不過排成合唱團隊形時，我周圍的同學一直互問空氣中那股奇怪的味道到底是什麼？

之後要比賽，我再也不敢透露給阿嬤知道，寧可有一頭蓬鬆凌亂的頭髮，也不要再頂著緊綳又油到發光，飄著怪味的油頭了。

小學畢業十年後，有次回阿嬤家看到一瓶跟我記憶很像的油，忍不住好奇。

「阿嬤，這個油是什麼？」

「苦茶榨出來剩下的油。」

「這是做什麼的？」

「我拿來抹頭髮，每次一點點很好用。」

「喔！那妳也用很多了。」

「有半瓶是妳以前合唱團比賽用掉的。」

「這瓶油從我小學到現在？十幾年了？」

「這瓶是姑婆給的，應該二十幾年了。」

一瓶跟我年紀一樣的苦茶油，那油耗味到現在還在我腦海裡揮之不去，從我有記憶以來，每次回阿嬤家，浴室裡都能看到它，就像是聚寶盆一樣永遠用不完，因爲一滴就足夠讓妳渾身油味。每次走進阿嬤家浴室，我就會想起合唱團的回憶，年輕時我不明白阿嬤爲什麼爲了省錢讓我這麼臭、這麼油、這麼難堪，但當了媽媽後帶著孩子再看到那一瓶髮油，內心有了不同的理解。

節儉的阿嬤、不善表達愛的阿嬤，是在用自己的方式給我愛。知道我很想要有漂亮的髮型，所以拿出陳年的珍貴髮油幫我抹得亮晶晶，還花幾個小時幫我綁滿辮子，讓我站在臺上搖頭晃腦時，跟旁邊同學一樣有著光亮的頭，而不是蒲公英般滿頭雜毛。

那一刻，我感受到阿嬤藏在凌晨四點幫我梳頭的愛。

那一刻，我感受到在阿嬤嘴裡不說，但行動表現出對我的在乎。

美容院綁頭髮要多少錢？我小學時候是五十塊，老闆會噴上半瓶髮膠幫妳定型，保證一個月都不會亂。至於我那天的頭到底有多油？我想如果有蒼蠅停在我頭上，一定會滑倒。

阿嬤的愛很含蓄，但一直用她自己的方式在愛我。

後記

阿嬤家的浴室從我有記憶以來就沒有變過，冷、熱水分開兩個水龍頭，洗澡要先把水放到一個大臉盆裡，那就是每個人一次洗澡的水量。

對外的氣窗常因木頭老舊拉不動，氣窗下的小平臺放著阿嬤日常使用的盥洗用具，這平臺就像是聚寶盆，放在上面的東西永遠都用不完，就連阿嬤的牙膏都可以用好久，陳年髮油也是擺在這裡好幾年，直到阿嬤過世，這些用了很多年的用品才被整理掉。

這間浴室夏冷、冬更冷，氣窗有沒有開都沒差。冬天我們通常不洗澡，阿嬤說冬天太冷洗澡容易感冒，擦澡就好。可是擦澡身體更冷，因爲熱毛巾擰乾後放上身體就變冷了，還不如淋個熱呼呼的熱水澡比較溫暖，但阿嬤不可能允許我們這麼做的。

到現在我還是認爲可以不用天天洗澡，阿嬤說，身體有天然的油脂，冬天氣候乾燥讓身體保留一點油脂會比較好，也能預防感冒。這一點我就非常相信阿嬤，老公說我是選擇性相信，只信自己想聽的、想做的。

這，不就是阿嬤的個性嗎？

聚寶盆般的窗臺。

阿嬤，再見

二〇一一年五月，七十七歲的阿嬤人生精采，就連說再見的方式都精采。

病床旁，阿嬤看著我說：「妳要賺大錢了，要好好過生活，記得對人好。」

我笑著回她：「到時再打塊金牌給妳。」

那是我最後一次見到阿嬤。

幾天後阿嬤出院回家，某天起床後嘴裡喃喃唸著「阿彌陀佛」，跟舅舅說她看見佛祖來了，接著就進入彌留狀態，跟著佛祖離開了。

阿嬤離開後，這是我第一次全程參與這麼傳統且繁瑣的葬禮，阿公嚴格把關，舅舅、媽媽嚴格遵守，全家族氣氛凝重不可言笑。那場屬於阿嬤的葬禮，就是在比賽家族裡誰最狼狽，就能贏得孝順美名！

從過世到送走阿嬤那天，守靈的媽媽和兩個舅舅都不能洗澡、不能打理自己，只要回家參與守靈的晚輩們，也統統不能洗澡。

當我火速從臺北趕回阿嬤家時，媽媽看到我並沒有驚喜，反而充滿了驚嚇，因爲只要沒見到阿嬤嚥下最後一口氣的人，都得從大門口跪爬到靈堂祭拜。沒想到我竟然挽著丈夫、牽著孩子，一下就蹦到她跟前。

她嚴厲的把我們叫到靈堂前跪下祭拜。慶幸阿嬤家的院子不大，要是再大一點，爬到靈堂可能膝蓋都破皮了。

「妳進來的時候還邊走邊跟大家揮手說『嗨』，難怪媽媽生氣。」妹妹偷偷跟我說。

要是一開始就知道接下來十天是狼狽競賽，我就不會打招呼了！

我媽這十天除了哭就是生氣，哭到癱軟、氣到發抖，一切芝麻蒜皮的小事，舉凡我爸帽子沒戴好、我衣服扣子沒扣好、吃飯姿勢不對……她都可以無限放大，讓所有人情緒一直很緊繃。

印象最深刻的是吃飯時間，所有人守靈、唸經都已經累到精神不濟，吃飯的時候還被規定統統要站著吃。因爲坐著吃飯意味著團圓，家人過世怎麼團圓，所以守喪期間必須站著吃飯，大家各自端著碗立食。

出殯前一天，阿公堅持遵守傳統葬禮，所有儀式都要做到，從下午四點開始，就是一路不間斷的唸經、唱歌、跳舞。

首先上場的是身著古代連身洋裝的女子，披著一頭長髮，拉著音箱，自信的走到靈堂旁，拿出專屬麥克風，我心裡默默想著，她該不會是傳說中的孝女白琴吧？

正當我這麼想著，白琴用驚天動地的哭調子哀嚎起：「媽媽～～」

就在一個小時哽咽、哀嚎，外加不斷讚頌媽媽辛勞、扶養幼兒長大的悲傷情緒下，她終於停下來喝水了。耳根正得以清靜時，大門口又走進來兩位打扮一模一樣的白琴，莫非接下來是白琴三重唱？

家族的長輩們被白琴二號請到靈堂前，她拿起麥克風哽咽無淚的哀嚎：「媽媽～」再把麥克風遞給跪在地上的長輩們，要大家輪流大喊出對媽媽的思念。

這實在太慘忍、也太矯情。

看著跪在地上一把年紀的長輩們，經過十天的狼狽洗禮已經不堪勞累，再被白琴輪流用麥克風摧殘，都快昏厥過去。

白琴二號表演了一小時後，輪到白琴三號上場了。

白琴三號負責的是孫字輩們的哀嚎催淚。接過麥克風後「阿嬤~阿嬤~」聲聲哽咽的叫著。跟前一段劇情一樣，再把麥克風輪流遞給跪在地上的每個孫字輩，要大家輪流哭喊出對阿嬤的思念和感恩，沒眼淚也要努力讓眼淚滴出來，才能孝感動天，阿嬤才能升天。

三位白琴輪流吶喊哭泣後，時間來到晚上八點，但重頭戲是隔天的出殯典禮。

阿嬤出殯這天，早上七點師父們就已經來靈堂報到誦經，家屬流程是唸經、哭、叫、跪、爬，每一個小時休息十分鐘，一直到中午十二點才結束誦經儀式。

家族的長輩、平輩經歷五小時的體能訓練，午餐也必須站著快速吃完。司儀在午餐後召集大家：「等下你們一定要表現出你們的悲傷情緒，把對媽媽跟阿嬤的孝心表現出來。」

前一天的白琴三重唱加上一早五個小時的體能磨練，還不夠展現大家的悲傷情緒嗎？我以爲早上是葬禮儀式的重頭戲，殊不知下午才是考驗我控制心智的大魔王。

「老夫人，家祭開始。」司儀有元氣的大喊。

我謹記著司儀交代的「展現極度悲傷」，眉心用力擠在一起。

現場響起奏樂，平均六十歲的伯伯阿姨們拿著樂器，一邊奏樂一邊踏步進場，老人樂隊？

疑惑之時我忍不住笑出來，他們努力用皺皺的嘴唇含著樂器吹奏，搭配著不整齊的步伐前進，看起來好療癒，很可以化解現場悲傷氣氛，很努力也很可愛，大概鄉下地方只能請到年齡層較高的樂隊吧，也是種特色。

「我們的媽媽，今天開始離我們越來越遠了。」

「從今天開始，我們就無依無靠了。」

司儀用悲傷流利的臺語把每句話都拖長音的大喊著，老人樂隊此時吹奏起

〈針線情〉，司儀跟著哼唱，接著把麥克風遞給每個人「接唱」，也訴說對阿嬤的思念。我想〈針線情〉應該是很可以高潮結尾了，沒想到我以爲的高潮並不是高潮！

就再大家哀嚎哭成一片時，背景音樂奏起了讓人忍不住小踏步，振奮人心的樂曲，此時從院子門口走進三位少女，加上一位師公，隆重登場。

少女們穿著舞龍舞獅般布滿流蘇的上衣，下半身搭配極短的蓬蓬芭蕾舞裙，師公搖鈴領隊，三位少女邊跳、邊用力的甩起舞裙，雙手的彩球也沒有停下來過，一路努力的晃動。

衣服的流蘇、裙子的蕾絲、雙手的彩球，讓我腦海中一直出現自動洗車機的旋轉刷，讓人眼花撩亂，到了靈堂前還出現啦啦隊的抛跳姿勢，讓我忍不住想鼓掌叫好，就這樣精采的舞動了半個多小時，終於結束了。

這是飯後點心的用意嗎？

當大家都被司儀逼到精神崩潰後，來一盤少女旋轉點心，療癒一下大家的心靈和眼睛。

在阿公堅持下，阿嬤是土葬。離家不遠的地方有一塊地，事先挖了一個放得下棺木的大洞。因爲我懷有身孕，大女兒小露還小，所以只能遠觀，只看見大家圍成一圈，把土慢慢撥進去，直到棺材完全被土覆蓋。

十幾天的盡孝表現，加上這兩天驚人的儀式，大家都累了，喊完最難說出的這句話後，阿嬤的葬禮告一段落了？

並沒有，晚上十點鐘墳地圍起了封鎖線，開始燒庫錢，誦經的師父讓大家繼續又哭、又跪、又爬，好不容易到了半夜，看到師父脫下那一身黑袍，我鬆了一大口氣。

傳統葬禮驚天動地到令人難忘，也讓人精神耗弱，阿嬤七十七歲過世算是高齡，雖然最後三個月的治療比較辛苦，但跟著佛祖走也算是圓滿，不過葬禮就是必須讓留下來的人撕心裂肺吶喊才能算孝順。

在阿嬤的葬禮上我很少掉眼淚，在成年有經濟能力後，我自認陪伴跟孝順都做足了。雖然還是會跟她頂嘴，但是問心無愧。可以帶著祝福送阿嬤跟佛祖走，畢竟七十七歲的人生，她精采自己，也精采了我。

「要好好過生活，記得對人好。」這是阿嬤留給我的最後一句話。不管遇到什麼挫折，我都沒有忘記要好好過生活，也記得對需要幫助的人伸出援手。阿嬤嫁給阿公後過得不富裕，節儉一輩子，但卻不吝嗇助人，這是她留給我最棒也是最好的人生禮物。

阿嬤，謝謝祢當我的阿嬤。

後記

葬禮最後拔得狼狽總冠軍的人非我媽莫屬，誰都贏不了她。

我媽像是勢在必得般，十天沒洗澡，就連穿著打扮都不能太整潔，加上每一局都用盡全身力氣在哭喊，同時還會關注在場的誰沒認眞哭，在法會後加以點評，如果司儀來評分的話，應該會說她最孝順，因爲哭得最認眞。

「如果再來一次，妳要救阿嬤嗎？」阿嬤過世十多年後的某天，我問起了媽媽這件事。

阿嬤被醫生宣判癌症末期，治療可以續命多活三個月，所以阿嬤生命中最後的三個月，都是在化療中度過的。

「如果再有一次，我不要救她，讓她好好的活這最後三個月。」媽媽哽咽的說不出話來。這是媽媽深藏在內心的遺憾。

阿嬤這一生教養出這麼孝順的孩子和孫子，值了。

送走阿嬤的那一天，院子裡她親手種下的百合花，每一朵都抬頭挺胸、精神抖擻，就像是要打起精神讓阿嬤永遠記得它們。

百合花語是百年好合、偉大的愛，還有最深祝福的意義。就像是阿嬤這輩子，一直期望我們有個好歸宿，「家和萬事興」，只要嫁得好，就會過得好。

阿嬤嘴上不會說好話、不會誇獎我們，但行爲的背後都蘊藏她對我們的愛，更有她深深的祝福。

我們就像這些百合花，不管到哪都帶著阿嬤給的愛，永遠抬頭挺胸、精神抖擻，不畏艱難。

阿嬤留下的，是我長大才懂的。

阿嬤親手種下的百合花，抬頭挺胸、
精神抖擻，不畏艱難。

一袋紅茶冰

小學圍牆外有兩攤小攤販，一攤賣麵、一攤賣冰飲，那年代的冰飲攤是用一個小塑膠袋插入一根吸管，加上紅色繩子綁起來。裡面還會有些許碎冰，口味不像現在手搖飲店這麼多選擇，選來選去就是紅茶跟冬瓜茶兩種，一袋五元。夏天時，中午的下課鐘聲一響，圍牆邊就會擠滿學生，人手一袋，邊走邊大口吸袋子裡的冰飲。

阿公、阿嬤務農，自家田裡沒事就去應徵臨時工幫別人耕田，在鄉下，同學們幾乎都是騎腳踏車回家吃午餐，下午上課才回學校。阿嬤一早就去上工，偶爾還要協調工頭讓她十一點半先回家準備孫子的便當，不可能在家等我們回家吃飯，所以我跟兩個妹妹都是在學校後門等阿公送便當來。

通往學校後門是一條小徑，只夠兩輛機車來回的寬度，另一側就是水溝和農田，我跟妹妹常常都是等到最後，才會看到阿公的打檔摩托車。摩托車大聲到人還沒到聲音就已經先到，聽到聲音我們就知道阿公來了，接著會看到阿公摩托車手把上掛著我們三個人的便當，從小徑那頭一路飛車而來。阿公黝黑的臉上布滿了汗加上渾身汗臭，笑咪咪的把便當交給我和妹妹。接過手的是縫補多次的提袋，裡面三個鐵灰色的便當盒是我媽小時候用過，傳承到我們這代的。阿嬤是一個非常節儉的人，除非再也救不了、補不了才能丟掉，那鐵灰色的便當盒上面也有明顯的補丁。

接過便當盒後，我看著辛苦的阿公，心裡即使再想喝圍牆外的紅茶冰也開不了口跟阿公要錢，這時候我就會推推二妹，小二的她看不懂阿公的辛苦，只知道想喝紅茶冰。

「阿公，給我五塊，我想喝紅茶冰，我同學都有。」

妹妹像機器人般，複誦著剛剛等待時，我教她說的話。阿公聽了就會從口袋掏出十五元放到我掌心。

阿公在正午的太陽下從田裡奔波回家，提了便當又急著送到學校，手心的銅板就像剛從烤爐裡拿出來般熱呼呼的，我跟妹妹拿了錢提了便當立刻奔往圍牆旁的攤位，一人一袋紅茶冰，再走到防空洞吃飯。

一直到現在過了三十幾年，我都還記得手心那十五元的溫度。

小學時我很害怕在班上打開便當，因爲我便當裡最常出現的菜色是肉鬆和鹹魚，偶爾多一顆荷包蛋都是難得的加菜。有些男生會拿我的便當開玩笑，因爲鹹魚便當的味道眞不是普通的招搖，一打開便當蓋，幾乎全班都可以聞到那股腥味。

我和妹妹們通常會一起到水泥做的大水管裡吃飯，再搭配偶爾有的紅茶冰，那就是我們最自在的午餐約會。說也奇怪，當時被同學取笑的我也沒有因爲這樣回家跟阿嬤反應，或是要阿公再也不要幫我帶便當，我反而很享受跟妹妹吃午餐的時間，當時的夏天不像現在這般炎熱，在大水管裡偶爾有涼風吹過，便當裡的主菜是什麼已經不重要，因爲都沒有冰紅茶讓我們迫切想喝，狼吞虎嚥後搭配那一袋紅茶摻雜著小碎冰，涼風伴隨著口裡的焦糖香氣，那是我長大再也沒有喝過的紅茶味。

後來到臺北念書，每次回阿公家經過小學圍牆，都還會找一下紅茶攤，無奈時代變遷，手搖杯店家越來越多後，紅茶攤也早已消失了。

如果再來一次，我會覺得補丁的鐵灰色便當盒該有多酷，那是老件、是古董、是傳承。

如果再來一次，我會請阿公也喝一袋冰紅茶，謝謝他每天幫我們送便當。

如果再來一次，我會請阿嬤喝一袋冰紅茶，順便跟她說便當可以不要放鹹魚嗎？雖然可能會被她罵個狗血淋頭，但我真的很謝謝她每天跟工頭請假回家幫我們準備便當。

如果能再來一次，多好。

每年新曆過年，客廳都會掛上一本很大的日曆，阿公每天都會撕掉一張，撕掉的日曆紙有時候拿去包水果、墊桌子或是當便條紙，在家裡找不到一張「純白」的紙，全都是每天累積下來的「日子」。

阿公，再見

二〇一九年三月凌晨，八十七歲的阿公走了。

這一條路，是我小時候離家出走阿公把我帶回來的路。

這一條路，是以前我氣喘阿公載我去看無數醫生的路。

這一條路，是阿公每天去工作的路。

這一條路，是八年前送走阿嬤的路。

這一條路，還是這一條路，只是阿公永遠不會回來了。

那一天，把阿公送出門，送到佛祖身邊，希望佛祖可以好好的照顧阿公。

陪著阿公的最後一程，不知道爲什麼，心裡感到踏實與開心，阿公躺了八年多，前兩年我們都覺得還有希望可以醒來，隨著進出醫院次數越來越多，我

們的希望也越來越小。但我的兩個舅舅和媽媽眞的很孝順，每天去安養院陪阿公說話、推他去晒太陽、餵他喝牛奶，八年多風雨無阻每天都一樣，長照眞的很辛苦，除了身體的累，心裡看著八十七歲的阿公身體器官漸漸衰退更難過，最後連醫生都勸舅舅們別再急救了，那張放棄急救的單子也是簽得萬萬不捨。

阿公是一個非常好的人，**對任何人都義無反顧的付出，別人的事都當作自己的事，自己的事都當沒事**。村子裡的村長候選，他可以每屆都去幫忙拉票，直到深夜才回家，人緣好到每屆大家都請他出來選，但他對村長沒興趣，只想好好種田。

阿公是一個很虔誠的人，對神明敬奉都帶著最虔誠的心在拜，可以不去學校家長會，但神明大小生日他一定準時到，可惜神明似乎沒有照顧到他。

我幾乎沒有看過阿公發脾氣，「乾拎內勒」是阿公的句點，每句話之後都要接一個句點，但他只會對阿嬤這麼說。

阿公在病床上躺了八年，我才發現他的皮膚是白的，只是因爲長年種田所以皮膚始終黝黑，也才發現原來阿公是可以長肉的，只是因爲長年種田才一直精瘦。

離開前三週，阿公高燒不退、白血球極高在加護病房急救，整個人又回到我印象中精瘦的樣子。

阿公一輩子虔誠，我到廟裡請求媽祖娘娘帶他到身邊，讓他可以解脫這些年的痛苦，隔天他就跟著媽祖走了，這是第一次我覺得媽祖好靈驗，聽到我的請求，帶走阿公。

阿公從八年前因爲急救的過程腦部缺氧，變成了植物人，那晚被救護車送走離開一手蓋的家之後，一去八年後，再回來卻已醒不來。

阿嬤的葬禮在阿公堅持下，所有傳統程序包含孝女白琴、跪地痛哭都要完整來過一次，阿公的葬禮舅舅想要辦得簡單隆重，所以省略掉很多儀式。

唯一不變的是，春暖花開的季節。

唯一不變的是，我不能穿得太漂亮。

想起阿嬤過世時，傳統葬禮讓我驚笑連連，事後被我媽唸了多年的不孝。

那年小梨在我肚子裡，所以我就像拿了免跪金牌般，從地上哀嚎跪爬、司儀遞麥克風逼大家輪流吶喊哭泣，這些我統統可以旁觀不用參與。

阿公過世，這些過往歷程又回到我腦海裡，阿嬤的葬禮上我因為服裝不及格被媽媽叫去換衣服。這次我整個行李箱帶滿了各種適合爬行的黑衣黑褲，若我媽有意見，隨時可以換一套全黑的款式，做足了爬行的萬全準備。

那天，我選了一件白襯衫加黑褲子，怎麼看都覺得符合標準，乾淨、素色又整齊。沒想到我媽哭到猶如核桃般的雙眼，看一眼就說：「耳環拿下來。」

當天我的耳環是白色貼耳，小小一顆。

我想起電影裡那些出席喪禮得體又漂亮的打扮，頭紗、珍珠耳環、蕾絲手套，在我們家傳統葬禮上是不被允許的。我媽極度悲傷的情緒轉為極度悲憤，看諸多事、諸多人不順眼，我能理解，反正聽話就是了。

靈堂有五個唸經的師姐，右側有個彈電子琴的先生、左側有個打鼓的先生，這幾個師姐輪番高歌之外還有五部合音，我們去領了葬儀社發的黃色制服加黃色斗篷式帽子，要在靈堂前開始合唱儀式。

我腦子裡一直想，要是阿公在這裡，他會說什麼？

「乾拎內勒，五告坌（很吵的意思）。」然後轉身把他的收音機調到最大聲，蓋過師姐們的五部合音。

想到這裡我真的忍不住想笑，憋到身體顫抖，沒錯！阿公肯定髒話連連，這不是阿公愛聽的歌啊！

中場休息我果然被罵了，我媽把我罵得狗血淋頭，說我不正經，在這種場合怎麼可以笑得出來，大家都哭到泣不成聲，只有我竟然還笑得出來。我跟她說，阿公眞的不喜歡聽這個，她十三歲就離家北上工作，我跟阿公相處的時間比她還多，比她了解阿公，阿公一定會氣到來託夢。

想當然，又討了一頓罵。

整個葬禮大概十天，到了最後一天要送走阿公時，家祭、公祭就在那我熟悉的院子。

葬儀社組員訓練有素，會端茶跟咖啡出來問家屬要不要用飲料，還會看狀況遞上衛生紙。在前方遞香跟水果的組員，就像雙十國慶總統府前操槍的儀隊，拿著粗得不得了的大香，像耍槍一樣花式狂甩，只差沒有拋香，就連祭拜的水果藍都會在空中甩好幾圈，才會交到祭拜者手上。

整場公祭，葬儀社的組員表演實在太吸睛，加上距離上次阿嬤葬禮已經八年，那甩香、拋水果的動作又更加華麗熟練，看得我忍不住又笑了。各行各業專精的事情眞的很不同，也或許他們眞的是用華麗的姿勢來舒緩家屬哀傷的情緒吧，我就有被療癒到。

葬儀社臺語流利的司儀在讓曾孫們齊拜告別阿祖時，專業的切換成流利國語。

司儀：「這些可愛的曾孫，今天要來送阿祖最後一程，阿祖都有照顧過你們對不對！」（哽咽語氣＋遞麥克風）

小梨：「我沒有。」（透過麥克風堅定的說）因爲她出生幾個月後，阿祖就住院了。

司儀：「喔妳沒有，姐姐有吼。」（尷尬＋快把麥克風給小露）

小露：「有，祝阿祖一路好走。」幸好小露化解了僵局。

小露是曾孫輩跟阿公最親近的，一滿月就帶回去給阿公看，之後也是兩、三個月就回去一次。阿公看曾孫越看越滿意，笑得滿嘴銀牙總是露在外面沒有闔起來過，只是阿祖、阿祖叫了三年多，阿祖就一直躺著沒辦法再回應小露了。

長達十天的傳統葬禮結束，終於要送外公出門。

這一條路，是小時候離家出走阿公把我帶回來的路。

這一條路，是我氣喘時阿公載我去看無數醫生的路。

這一條路，是阿公每天去工作賺錢回來的路。

這一路，最難的是要喊出：「火來了！阿公，快跑。」

每次寫一點點、回顧一點點，就好像阿公還在一樣，即使阿公已經走了四年多。

阿公，再見。

阿公出殯那一天，
院子裡的九重葛在陽光下綻放著，
就像是阿公對所有人事物滿懷熱情。

九重葛的花語是「熱情，堅韌不拔，頑強奮進。」阿公出殯那一天，院子裡的九重葛在陽光下綻放著，就像是阿公對所有人事物滿懷熱情。對自己的孩子、孫子永遠帶著誇獎和不捨，他一直覺得抱歉，讓孩子們在這樣窮的家庭下長大。但阿公用愛富裕我們，不只是媽媽、舅舅，更擴及到孫子輩，在這樣的教育下，我們樂於分享、面對挫折不害怕，是更珍貴的財富。

阿公幼時有一段時間受日本教育，所以日文能講也能聽。阿公過世後找出了很多卡帶，都是我沒見過的歌手。除了這些，阿公也愛聽大悲咒，尤其過年會二十四小時連續放送九天，這些都是屬於阿公的聲音。

後記

「重來一次，妳還是會想要急救阿公嗎？」我好奇的問媽媽，因爲她在阿公的葬禮哭到暈過去，旁人都說這對阿公是解脫，她依然放不下阿公再也不會回來的事實。

「當然。」

即使知道結果是要變成八年的植物人，媽媽的決定還是要急救。當時她每天都會到安養院去跟阿公說話，擔任護理師的妹妹告訴她，阿公是沒有意識的，她依然覺得阿公只是無法動、無法表達，但意識清晰，可以聽得到她跟他說了什麼。

不捨父親的心，讓她即使看到急救過程這麼痛苦，長照過程這麼辛苦，若是重來一次，還是選擇要救。

我跟小露、小梨說，如果有天需要急救就讓我走，醫療續命生活品質不會好，也會讓周圍親人經歷更多的痛苦和辛苦。

厚養薄葬，只要活得無悔，好好離開會是一件最棒的事。

關於，這本書

這本書是我在很多地方寫成的，有時候在咖啡店，有時候車上等孩子們放學。在咖啡店我很容易被咖啡店主人精采的故事拉走，常常聊著聊著，一整天寫不到幾個字，反而在車上狹小的空間裡，安靜、獨自一人可以高效率的把當時的故事寫下來。

最常在大學的學生餐廳寫，看著一早無人的餐廳到中午擠滿學生的餐廳，下午又回歸安靜。那些來來去去的學生總會讓我想起，這花樣年華時的我，阿公、阿嬤還在的時候。

「我到底要怎麼才能寫完一本書。」

在車上剛寫完一篇，算了一下總篇數我忍不住哀嚎起來，總覺得寫了好久怎麼離完成的日子還是遙遙無期。

每次放學就會在車上搶先閱讀書稿的小梨悠悠對我說：「妳不要想之後還有多少事要做，妳要看著已經寫好的有多精采就行了。」

跟她對話就是這麼有趣，她總是可以給我最好的回饋，看著我的書稿哈哈大笑直說我寫得眞好，說好像看到我阿嬤就在前面演給她看。

寫這本書時，和妹妹們回憶起好多阿嬤以前的往事，總會忍不住把一些完成的段落截取下來，放到家人群組裡。

「出版後應該要燒一本給阿嬤。」妹妹這樣說。

「阿嬤又不識字，哪看得懂。」我回應著。

「我夢到阿嬤正在準備司法官考試，她現在應該是看得懂了。」

看著我媽傳來的訊息，感動得紅了眼眶。阿嬤小時候因爲家裡重男輕女不讓她念書，但爲了看得懂我寫下這些和她的故事努力識字了。我們這麼想像著。

堅忍不屈，不管遇到多麼挫折的事，總是會努力想辦法解決，這就是我的阿嬤。

阿嬤的「窮養富育」，
留給我們的是一輩子享用不盡，無形的財富。

Eurasian Publishing Group
圓神出版事業機構
用心與你對話．網野無限寬廣
圓神出版社
Eurasian Press
www.booklife.com.tw
reader@mail.eurasian.com.tw
天際系列 007

心中住著野孩子

作　　者／凱莉哥
插　　畫／25
手 寫 字／小梨
內頁設計／傅莙
發 行 人／簡志忠
出 版 者／圓神出版社有限公司
地　　址／臺北市南京東路四段50號6樓之1
電　　話／（02）2579-6600・2579-8800・2570-3939
傳　　真／（02）2579-0338・2577-3220・2570-3636
副 社 長／陳秋月
主　　編／賴真真
責任編輯／吳靜怡
校　　對／吳靜怡・歐玟秀
美術編輯／蔡惠如
行銷企畫／陳禹伶・朱智琳
印務統籌／劉鳳剛・高榮祥
監　　印／高榮祥
排　　版／莊寶鈴
經 銷 商／叩應股份有限公司
郵撥帳號／18707239
法律顧問／圓神出版事業機構法律顧問　蕭雄淋律師
印　　刷／國碩印前科技股份有限公司
2023年3月　初版
2023年8月　4刷

定價390元
ISBN 978-986-133-864-4

美容院綁頭髮要多少錢？我小學時候是五十塊，老闆會噴上半瓶髮膠幫妳定型，保證一個月都不會亂。至於我那天的頭到底有多油？我想如果有蒼蠅停在我頭上，一定會滑倒。
阿嬤的愛很含蓄，但一直用她自己的方式在愛我。

——《心中住著野孩子》

國家圖書館出版品預行編目資料

心中住著野孩子／凱莉哥著. -- 初版. -- 臺北市：圓神出版社有限公司, 2023.03
240 面；14.8×20.8公分 --（天際系列；7）

ISBN 978-986-133-864-4（平裝）

863.55 111022381